金阁寺
插图珍藏版

[日]三岛由纪夫 著 郑民钦 译

[日]土屋光逸 [日]伊东深水 绘

后浪

江苏凤凰文艺出版社
JIANGSU PHOENIX LITERATURE AND
ART PUBLISHING

图书在版编目（CIP）数据

金阁寺 : 插图珍藏版 / （日）三岛由纪夫著 ; （日）
土屋光逸 , （日）伊东深水绘 ; （当代）郑民钦译 . -- 南
京 : 江苏凤凰文艺出版社 , 2024.2

ISBN 978-7-5594-8174-0

Ⅰ . ①金… Ⅱ . ①三… ②土… ③伊… ④郑… Ⅲ .
①长篇小说 – 日本 – 现代 Ⅳ . ① I313.45

中国国家版本馆 CIP 数据核字 (2024) 第 001731 号

金阁寺（插图珍藏版）

［日］三岛由纪夫 著　　［日］土屋光逸　伊东深水 绘　郑民钦 译

策　　划	尚　飞	
责任编辑	曹　波	
特约编辑	袁艺舒	
装帧设计	墨白空间·陈威伸	
出版发行	江苏凤凰文艺出版社	
	南京市中央路 165 号，邮编：210009	
网　　址	http://www.jswenyi.com	
印　　刷	河北中科印刷科技发展有限公司	
开　　本	880 毫米 × 1230 毫米　1/32	
印　　张	10	
字　　数	155 千字	
版　　次	2024 年 2 月第 1 版	
印　　次	2024 年 2 月第 1 次印刷	
书　　号	ISBN 978-7-5594-8174-0	
定　　价	98.00 元	

第一章

我从小就经常听父亲给我讲金阁[1]的故事。

我出生于舞鹤东北面一处延伸进日本海里、颇为荒寂的海岬。父亲的家乡不是这里，而是舞鹤东面的志乐。父亲在他人的恳求下，加入僧籍，在这个偏僻海岬的寺院当上了住持，在当地娶妻生子，于是便有了我。

成生岬寺院附近没有合适的中学，不久我就离开双亲，寄养在父亲老家的叔父家中，就读于东舞鹤中学，每天徒步上学。

父亲的家乡阳光充沛，但一到十一二月，即使是万里无云的晴天，一天也要下四五场阵雨。我想，我变化无常的心情，大概就是这一方水土养成的吧。

像五月的傍晚这样的时光，放学回家，我经常从叔父家二楼的学习室眺望远处的小山。嫩叶翠绿的山腰，在夕阳余晖的映照下，犹如原野上竖起的一扇金色屏风，这让我想象起金阁的光耀。

---

[1] 金阁，即金阁寺，鹿苑寺舍利殿的通称。位于京都市北区，临济宗相国寺派的寺院。由室町幕府第三代将军足利义满所建（1397年）。因舍利殿外墙以金箔装饰，故称"金阁寺"。北山文化的代表性建筑。1950年被人纵火烧毁，1955年重建。（本书注释均为译注）

虽然我从照片、课本上经常看到现实中的金阁，但在我心中，还是父亲讲述的那个虚幻的金阁更胜一筹。父亲肯定没有讲过金阁的金碧辉煌，他只是说金阁之美，地上无双。另外，我心中根据"金阁"这两个字的字面、音韵所描绘的金阁形象完全无与伦比。

每当我看到远处水田辉映日光的时候，就想象这是金阁无形的投影。吉坂岭是福井县和京都府的分界线，面对东方，太阳从山顶附近升起。虽然与京都的方向正好相反，我却从山间升起的朝阳中仿佛看见金阁在晨曦的空中高耸云天。

于是，在我眼里，金阁无处不在。而在看不到真实的金阁这一点上，它与当地对海的感觉十分相似。舞鹤湾位于志乐村西面一里①半之地，海被山挡住，看不见。但是，这块土地总是飘荡着一种能让人感觉到的大海的气息，轻风时而带来海的气味。当海上风暴咆哮时，许许多多的海鸥逃命飞来，落在这一带的水田上。

我体弱，无论跑步还是单杠都不如别人，加上天生的口吃，我的性格越发怯懦内向。然而，大家都知道我是和尚的孩子，那些顽皮的孩子学着口吃和尚结结巴巴念经的样子取笑我。当评书中出现"口吃岗引②"的故事时，他们就故意大声学着口吃岗引

---

① 里，按照明治二十四年（1891年）规定，日本的一里约为三点九二公里。
② 岗引，江户时代协助警察防火、抓小偷的协警。

的话给我听。

不言而喻，口吃是阻隔我与外界接触的一道障碍。第一个音总是发不出来。这第一个音就像一把打开我的内心与外界之间的门扉的钥匙，然而，这把钥匙从来就没有顺畅地开过门。人们一般都能随心所欲地操纵语言，内心与外界之间的大门一直敞开着，沟通顺畅，我却无论如何都做不到。我的钥匙已经生锈了。

口吃的人为了发出第一个音，焦躁着急，就像一只内心试图从黏胶束缚中使劲挣脱出来的小鸟。当我好不容易挣扎出来的时候，却为时已晚。在我苦苦挣扎的时候，外界的现实固然也有静静等待的时候，但等待的现实本身已经不再是新鲜的现实。当我费尽周折好不容易到达外界，外面总是瞬间变色，偏离错位……于是，横亘在我面前的也许不再是最适合我的新鲜的现实，而是半腐臭的现实。

可以轻易地想象，这样的少年具有两种反向的权力意志。我喜欢阅读历史上的暴君的故事。如果我是一个因口吃而寡言少语的暴君，那些家臣就要察言观色，一天到晚战战兢兢，提心吊胆。我不必使用明确流畅的语言就可以使我的凶狠残暴合法化，我的寡言少语就可以让我的残酷正当化。这样的话，我就把平时蔑视我的所有老师、同学统统处以死刑。我沉溺于这种愉快的幻想，同时还幻想自己成为内心世界的王者、充满冷静超然之心的大艺术家。虽然我的表面看似贫乏，但是内心世界比任何人都富有。带着一种难以排除的自卑感的少年，暗自认为自己才是成功者，不是理所当然的吗？我觉得这世界的某个地方有一个自己并不知晓的使命在等待着我。

……我想起这样一件往事。

东舞鹤中学的校舍十分新颖而明朗，在蜿蜒逶迤的群山间修有一个宽敞的运动场。

五月的一天，一个在舞鹤海军轮机学校就读的中学前辈校友请假回母校来玩。

他的皮肤晒得黝黑，戴得很低的制帽帽檐下露出挺拔的鼻梁，从头到脚都显示出年轻英雄般的勃发英姿。他对母校的晚辈同学讲述纪律严格的军校艰苦生活。但是，他的口吻像是与大家分享奢华挥霍的生活。他的举手投足都充满自信自豪，而且这么年纪轻轻就充分理解谦逊的分量。他的制服前胸绣有蛇腹花纹，坚挺的胸脯犹如乘风破浪仰起的船头。

他走下运动场的两三级大谷石①石阶，坐下来，四五个学生围着他，听得入迷。五月的郁金香、香豌豆、银莲花、虞美人草等各种鲜花在斜坡的花圃里嫣红姹紫，竞相盛开。厚朴树在头顶上绽放一片大朵的白花。

① 大谷石，产于日本栃木县大谷町一带的凝灰岩。易于加工，多用作外墙、地窖的石材。

讲者和听者都一动不动，仿佛一尊尊纪念性的雕像。我独自坐在离他们大约两米的运动场长凳子上。这是我的礼仪。这是我对五月的鲜花，对充满自豪的制服，对开朗的笑声所表示的礼仪。

这个年轻的英雄，似乎不太在乎他的崇拜者，却更加关注我。大概我没有表现出对他的威风景仰膜拜的态度，这样的感觉伤害了他的自尊心。他向大家打听到我的姓名，便对初次见面的我不客气地打招呼："喂，沟口。"

我没有回答，目不转睛地凝视着他。他对我笑了笑，那笑容里含带一种类似权力者的谄媚。

"你为什么不回答？你是哑巴吗？"

一个他的崇拜者替我回答："他是结……结……结……结巴。"

大家都前仰后合地大笑起来。嘲笑是何等地刺眼！我看到同班同学那种少年期特有的残酷笑声如吸足阳光的叶丛般灿烂耀眼。

"什么？原来是结巴啊？你也想进海军学校吗？不管什么样的结巴，一天就把你治好。"

也不知道怎么回事，我的语言忽然间流畅起来，与我的主观意志无关，脱口而出："不去。我要当和尚。"

所有的人都默不作声。年轻的英雄低头折断一根草茎，衔在嘴里。

"哼哼，这样的话，过几年，我也会去麻烦你的。"

那一年，爆发了太平洋战争。

……这时候，我的确产生了一种自我意识。我面对黑暗的世界，张开双手等待。等待着不久之后，五月的鲜花、制服、欺负人的同学们投入我张开的双臂。我具有紧紧抓住、使劲拧住世界的底边的自我意识。……但是，这种自我意识作为少年的自豪的话，就未免过于沉重。

能成为自豪的必须是轻巧的、明朗的、清晰可见的、灿烂的东西。我希望得到眼睛看得见的东西，我希望得到的自豪是任何人都能看得见的东西。例如他佩带在腰间的短剑，正是这样的东西。

中学生所羡慕憧憬的短剑，其实只是美丽的装饰品。听说海军学校的学生会偷偷用短剑削铅笔。不过，将如此庄严的象征用于日常微不足道的琐事，该是多么潇洒啊。

他把制服脱下来，还有裤子、贴身衬衫，搭在白漆涂抹的栅栏上。……这些衣服就在鲜花旁边，散发出年轻人肌肤的汗味。蜜蜂误以为这闪亮的衬衫是白色的花朵，落在上面休息。绣有金丝纹饰的制帽也端端正正地深扣在一根栅栏上，如同他平时戴在头上一样。他接受晚辈同学的挑战，到后面的土俵①比赛相扑去了。

脱下来的衣帽，给人一种"荣誉坟墓"的印象。五月里五彩

---

① 土俵，相扑的比赛场。

缤纷的鲜花更加深了这种感觉。尤其是有着漆黑帽檐的泛着光的制帽、挂在制帽旁边的皮带和短剑，离开他的肉体，反而洋溢着一种抒情的美，与对他的回忆一样完美……就是说，看上去犹如年轻英雄的遗物。

我确定周围已经没人，相扑的土俵那边传来呼喊声。我从口袋里掏出生锈的铅笔刀，悄悄走过去，在美丽的短剑黑鞘背面狠狠划下两三道丑陋的刀痕……

……也许有人通过上述回忆就轻率地断定我是一个具有诗人气质的少年。然而，时至今日，别说诗，我连手记之类的文章都没有写过。技不如人，则以其他方面的能力予以弥补，以达到出类拔萃的目的，我缺少这样的动力。换句话说，我想成为艺术家，这种想法实在过于傲慢。我梦想成为暴君或艺术家，不过是白日做梦，丝毫没有踏踏实实做点实事的心情。

不为人所理解成为我唯一的自矜，因此，试图让别人理解的表现的欲望就不再垂顾于我。我想，我命中注定不会得到"别人清晰可见"的东西。于是，孤独日益膨胀，胖得像一头肥猪。

我的回忆突然捕捉到村里发生的一起悲剧性事件。其实本应与我毫不相干，但我却觉得自己参与了。这种切实的感觉无法消失。

通过这起事件，我一下子面对了世界的一切，直面人生、官能、背叛、憎恨、爱情，一切的一切。而我的回忆再三否定、忽略其中所包藏的崇高的要素。

与叔父家相隔两间的一户人家有一位美丽的姑娘，名叫有为子，一双大眼睛清澈如水。也许是家境殷实的缘故吧，显得傲慢自大。虽然平时受到全家的娇宠溺爱，却也有孤独的时候，不知道在想些什么。那些嫉妒心重的女人背地议论她大概还是个处女，还说什么她那是一副石女相。

有为子从女子学校毕业后，立刻就当上了舞鹤海军医院的"志愿护士"。医院离家很近，平时骑自行车上班。但是她拂晓时分就必须出门上班，所以比我们上学要早两个多小时。

一个夜晚，我因为惦念着有为子的身体，陷入阴暗忧郁的空想，无法安睡，于是索性摸黑起床，穿上运动鞋，在夏日的拂晓薄暗中走出门外。

我挂念有为子的身体，并非始自那天晚上。起初时而想念，逐渐变得固定下来，她白皙、富有弹性、笼罩在微暗阴影中、散发体香的肉体凝结成我思念的形状。我想象手指触摸时的温馨，想象手指感应的弹性以及花粉般的芬芳。

我在拂晓的道路上奔跑，石头没有绊住我的脚，黑夜在我面前自觉地敞开道路。

我跑到志乐村安冈部落①尽头时，这里的地势变得开阔起来。那里有一棵高大的榉树，树干湿漉漉的，挂满朝露。我藏在树后，等待有为子从村落那边骑车过来。

我只是一心等待着，不想做什么。刚才气喘吁吁地跑过来，现在躲在树背后歇一口气，不知道自己打算做什么。我的生活基本与外界隔绝，我幻想着只要自己投入外面社会，将是很容易的，一切都有可能。

豹脚蚊叮咬我的脚。四处公鸡啼晨。我在薄暗中盯着路上，只见远处站着一个模模糊糊的白色影子。我原以为是拂晓的曙色，原来是有为子。

她骑车过来，前灯亮着，自行车悄无声息地滑到前面。我突然从榉树后面跑到自行车前。她慌忙紧急刹车。

这时，我感觉自己变成了一块石头，所有的意志、欲望，一切都已经石化。外界与我的内心世界全然无关，再次坚固地存在于我的周围。我穿着白色运动鞋，从叔父家里跑出来，沿着拂晓黑乎乎的道路，跑到这棵榉树后面，我只是围绕着自己的内心世界不停地奔跑而已。薄暗中村落人家屋顶影影绰绰的轮廓、暗淡的树木、青叶山黝黑的山顶，甚至眼前这个有为子，都可怕地完全失去了意义。不等我参与，现实就已经摆在那里，而且这个我

---

① 部落，少数人家居住的地区共同体。明治时期在市町村下面设置的最基层组织。

见所未见的、毫无意义的、巨大黑暗的沉重现实向我逼来，压迫了我。

我和往常一样，认为唯有语言才能够挽救这种局面。但这是我独特的误解。在应该采取行动的时候，却总是一心只想着语言。何况我口讷，心思全用在怎么把话说出来上，也就忘却了行动。我认为，行动这种光怪陆离的东西总是伴随着光怪陆离的语言。

我什么也没在看，但想一想，有为子一开始就极其害怕，当她发现是我的时候，只是一味看着我的嘴巴。她也许在这拂晓的昏暗中，只是看见一个毫无意义地嗫动的、极其无聊的黑暗小洞，一个野地小动物的巢穴般污脏的、丑陋难看的小洞——我的嘴巴。当她发现我的嘴巴没有任何可以与外界相连接的力气时，便放下心来。

"你干什么啊？一个结巴，你干吗吓唬人啊？"

有为子的声音如晨风般端庄而清爽。她摁着车铃，重新踩上脚蹬，像躲避一块石头一样绕过我，向着远处的田野骑去。尽管周围一个人都没有，她却不停地摁着车铃，在我听来简直是在嘲笑我。

当天晚上，有为子把这件事告诉了母亲。她母亲便到我叔父家告状。平时对我非常随和的叔父狠狠地痛斥了我一通。于是我诅咒有为子，甚至希望她死去。不意数月之后，我的诅咒居然应验了。从此以后，我坚信对人的诅咒的灵验。

我白天黑夜都盼望有为子死去。我希望我的耻辱的见证人从世上消失。只要见证人不再存在，我的耻辱大概就会从人世间销声匿迹。所有的他人都是见证人。如果没有他人，就不会产生耻辱。有为子的面容在拂晓微暗中，如水一样晶莹闪亮，一直凝视着我的嘴巴，我则看到她眼睛背后存在的他人的世界——绝不让我们作为单独个体而存在，主动地成为我们的共犯、见证人的他人世界。一切的他人都必须灭亡。为了让我真正地面对太阳，世界必须毁灭……

有为子的母亲向叔父告状两个月以后，有为子辞去海军医院的工作，赋闲在家。村里人众说纷纭，说什么的都有。到了秋末，就发生了那起事件。

……我们做梦也没有想到海军的一个逃兵逃到村子里来。中午时分，宪兵来到村公所。宪兵到村里来并不少见，所以大家都不以为意。

那是十月末一个晴朗的日子，我照例上学，回家后晚上做作业，临到睡觉即将关灯时，从二楼往下看了一眼，只见很多人奔跑在村道上，像一群狗一样气喘吁吁。我下楼，一个同学站在我家门口，圆睁眼睛对着已经起来的叔父、婶母和我大声叫道："刚才有为子被宪兵抓走了。快去看看吧！"

我趿拉着木屐跑了出去。月色皎洁，鲜明地映照出刚刚收割后的稻田里稻架①的影子。

黑压压的一群人聚集在小树丛背后，人头攒动。身穿黑色西服的有为子坐在地上，她的脸显得苍白，身边围着四五个宪兵和她的双亲。一个宪兵将一个像是包着饭盒的东西伸到有为子面前，大声斥责。她父亲脑袋转来转去，又是向宪兵道歉说情，又是对女儿呵斥责备。母亲则蹲在一旁哭泣。

我们和他们隔着一块田地，站在这边的田埂上观看。看热闹的人越来越多，大家挤在一起，肩膀相触，却没有人说话，感觉连头顶上的月亮也被挤扁了。

同学在我耳边解释说：有为子拿着饭盒从家里溜出来，打算给藏在旁边村落里的逃兵送去，被半路埋伏的宪兵抓个正着。那个逃兵在海军医院里和有为子相好，结果有为子怀了孕，被医院赶了出来。宪兵盘问有为子那个逃兵藏在哪里，但有为子坐在地上，一动不动，拒不开口。

而我则目不转睛地紧盯着她的脸。她就像一个被抓住的疯女人。在月光下，她的脸纹丝不动。

我从来没见过如此充满强烈拒绝态度的脸。我认为自己长着

---

① 稻架，两根柱子上架一根木棍，将刚收割的稻谷挂在上面的架子。

一张被世界拒绝的脸。然而，有为子的脸却是拒绝世界。月光无情地倾泻在她的额头、眼睛、鼻梁、脸颊上，但岿然不动的脸只是被月光荡涤而已。仿佛只要她稍微动一下眼睛，动一下嘴巴，她所拒绝的世界就会趁机山崩地裂般袭来。

我屏息凝神地注视着。在这张脸上，历史已经中断，它拒绝向未来和过去说出任何一句话。我们有时会在刚刚砍伐的树桩上看到这样一张不可思议的脸。它依然含带着清新鲜嫩的色泽，但从此停止成长，沐浴着本不该沐浴的清风和阳光，突然被暴露在本不属于自己的世界里，这就是树桩的断面用美丽的木纹所描绘的一张不可思议的脸。仅仅是为了拒绝才来到这个世界上的脸……

我不由得感觉，有为子的脸如此奇丽之美的瞬间，在她的一生中，在我的一生中，都仅此一次，不会再有第二次。然而，这种瞬间之美并没有我想象的那么持久，她的脸上立刻变了形。

有为子站了起来。我似乎看见她笑了，我似乎看见她洁白的门齿在月光下闪亮。我无法继续记述她变化的模样，因为她站起来的时候，背对着皎洁的月光，走进树丛的暗影里。

我没有看见有为子决心背叛时发生的变形，深感遗憾。如果能够仔细地观察到细微之处，也许我会萌生宽恕他人之心，包括宽恕所有的丑恶。

有为子指了指旁边那个部落的鹿原山。

宪兵叫喊道："金刚院①！"

这让我也产生孩子般狂欢起哄的兴奋心情。宪兵分成几路，从四面八方把金刚院包围起来，并要求村民予以配合。我出于幸灾乐祸的心理，加入有为子充当领路的第一队。在宪兵的陪护下，她充满自信地走在前头，那坚定的脚步让我吃惊。

金刚院远近闻名，坐落在从安冈步行约十五分钟的鹿原后山，名刹里有高丘亲王②手植的榧树，有据说是左甚五郎③建造的优雅的三重塔。每到夏天，我经常去后山的瀑布潭玩水嬉戏。

正殿的围墙临河，夯土泥墙已经损坏，上面生长着茂盛的芒草，白色的芒草穗在夜色里也泛着微光。正殿的门边有盛开的山茶花。一行人不声不响地沿着河边前行。

金刚院的佛堂建在更高的地方，过了独木桥，右边是三重塔，左边是红叶林，后面高高耸立着一百零五级青苔斑驳的石阶。石灰石的石阶，路滑难行。

过独木桥之前，宪兵回头做了个手势，让大家停下脚步。听

---

① 金刚院，位于京都府加佐郡，由真如法亲王创建。
② 高丘亲王（799—865），平安时代初期的皇族、僧侣，平城天皇的第三皇子。
③ 左甚五郎，传说江户时代的著名雕刻师。其作品分散各地，制作年代跨三百年，作品有一百多件。所以，一般认为左甚五郎是各地名工巧匠的代名词。

说过去这个地方有一座由运庆[①]、湛庆[②]修建的仁王门。再往里走，九十九谷的群山都是金刚院的领地。

……我们都静声屏息。

宪兵让有为子独自先过独木桥，接着我们尾随其后。走了一段路，石阶下段阴影笼罩，中段以上月光普照。我们分别藏在石阶下段的阴影里。刚刚着色的红叶在月光下显得发黑。

石阶最上面就是金刚院正殿，斜左面是游廊[③]，通往类似神乐殿的空御堂。空御堂模仿清水寺的舞台，凌空而建，由许多柱子和横梁在山崖下组合建构而成。空御堂、游廊，以及支撑的木架，经过长年的日晒雨淋，变得干净发白，犹如一副白骨。金秋时节，漫山遍野枫叶的丹红与白骨般的建筑呈现出和谐之美。而在夜间，月光斑驳地洒在白色的木架上，显示出怪异的妖艳。

逃兵似乎躲藏在舞台上方的御堂里，他们想利用有为子作为诱饵，将其诱捕。

我们这些见证人隐蔽在暗处，屏息凝神。十月下旬的夜间，寒气袭人，我的脸颊却感觉火辣辣的。

有为子独自一人沿着一百零五级石灰石的台阶拾级而上，如

---

① 运庆（？—1224），平安时代末期、镰仓时代前期的佛像雕塑家。参与兴福寺的重建，主要作品有东大寺南大门的金刚力士像等。
② 湛庆（1173—1256），运庆之子。镰仓时代的佛像雕塑家。参与兴福寺的重建，主要作品有三十三间堂的千手观音等。
③ 游廊，又称渡殿，连接两座寝殿之间的走廊。

狂人般充满自豪……在黑色的西服和黑色的头发之间，唯有美丽的侧面十分洁白。

明月、繁星、夜的云彩、山脊上的矛杉刺向云天的山峰、斑斑点点的月影、十分显眼的白乎乎的建筑物，这一切中，唯有有为子的背叛所显示的清澈之美让我陶醉。只有她才有独自昂首挺胸攀登这白色石阶的资格。她的背叛和月亮、星星、矛杉属于同一类，就是说，也和我们这些见证人一样住在这个世界上，接受着大自然。她是作为我们的代表攀登上去的。

我喘着大气，不由得想道：她通过背叛终于接受了我。她现在正是属于我的。

……这起所谓的事件在我们记忆中的某一地点坠落。在一百零五级铺满青苔的石阶上不停攀登的有为子的形象依然在我眼前。我觉得她将永远攀登在石阶上。

后来，有为子又完全变成另一个人。大概在她登上石阶顶上的时候，再一次背叛了我，背叛了我们。此后的有为子既没有全盘拒绝世界，也没有全盘接受世界，只是委身于爱欲的秩序，沦落成只是为了一个男人而生存的女人。

所以，留在我脑海中的回忆只能是一幅古旧的石板印刷的景象。……有为子穿过游廊，朝着黑暗中的御堂呼喊。接着，出来一个男人的黑影。不知道有为子对他说了些什么，他举起手中的手枪冲向石阶，边冲边射。藏在石阶中段草丛里的宪兵开始用手枪还击。男人再次举起手枪，对着打算往游廊方向逃跑的有为子的后背连射几枪。有为子倒在地上。男人将枪口对着自己的太阳穴开枪……

——宪兵以及其余所有的人都争先恐后地跑上石阶，朝两具尸体奔去。我则没有行动，依然一动不动地藏在红叶树丛中。我的头顶上是纵横交错的白色木架，从铺在上面的木板游廊上落下纷乱踩踏的轻微的脚步声。两三道手电光束相互交叉着越过栅栏射到红叶树梢上。

我只能认为这一切都是遥远的事情。感觉迟钝的人，如果不流血，就不会惊慌失措。而流血的时候，则是在悲剧发生之后。我不知不觉间迷糊睡了过去。等到醒过来的时候，大家都已经离去，我被遗忘在这里。我听见小鸟的啁啾鸣啭，我看见朝阳从红叶树枝的底部照射进来。阳光照射在白骨般的建筑物的地板下面，我感觉它仿佛重新复活了，宁静而充满自信地将空御堂推向红叶如火的山谷。

我站起来，打了个寒战，然后搓揉我的身子各处。只有寒冷还残留在我的体内。残留下来的只有寒冷。

※

第二年春假，父亲在国民服①外面罩着一件袈裟来到叔父家，说要带我去京都两三天。此时父亲的肺病已经相当严重。我见他干瘦虚弱的身子，大吃一惊。不仅我，叔父、婶母也都劝说父亲取消京都之行，但他就是不听。后来我想，父亲是想趁自己还活着的时候，把我介绍给金阁寺的住持。

当然，拜访金阁寺是我多年的夙愿。但是，我还是很不愿意和重病在身——尽管他装出满不在乎的样子，但别人一眼就能看出——的父亲一起去京都。随着时间的临近，我即将亲眼看见金阁，我心生犹豫。不管怎么说，金阁绝对是美不胜收。不过，这与其说是金阁本身真实的美，不如说是我用自己心灵所有的能量来想象的金阁之美。

就少年的脑子所能理解的程度而言，我对金阁也颇为通晓，美术书籍一般都这样介绍金阁的历史：

---

① 国民服，1940 年日本政府制定的日本国民男性标准服装。

足利义满①接受西园寺②家的转让，获得北山殿，于是大兴土木，修建别墅。其主体建筑有舍利殿、护摩堂、忏法堂、法水院等佛教建筑，同时建有宸殿、公卿间、会堂、天镜阁、拱北楼、泉殿、看雪亭等住宅建筑。其中尤以舍利殿最为倾注心血，精致考究，这就是后来被称为"金阁"的建筑。至于什么时候开始称为"金阁"，现在难以说清，似乎在应仁之乱③以后，到文明④年间就已经普遍使用这个名称了。

金阁有辽阔的苑池（镜湖池），三层楼阁于1398年（应永五年）临池而建。一、二层为寝殿⑤式建构，格根上使用悬窗。第三层是长宽三间⑥的正方形房间，纯正禅堂或佛堂式的建筑，中间采用栈唐户⑦，左右是花头窗⑧。柏树皮葺顶，

① 足利义满（1358—1408），室町幕府第三代征夷大将军。结束南北朝的分裂局面，开创室町幕府的全盛时代。1397年，他以自己的河内国领地与西园寺（即藤原公经）交换，获得其宅邸北山第。修建佛寺山庄后，改名北山殿。其中的核心建筑是舍利殿（即金阁），义满出家后，在此修禅。义满死后，其子将北山殿改为禅寺，更名为鹿苑寺。

② 西园寺，此处指藤原公经，后改名为西园寺公经。北山第是他的宅邸，因年久失修，荒废倾圮，于1397年转让给足利义满。

③ 应仁之乱（1467—1477），室町时代第八代将军足利义政任内发生的十年内乱。此后，幕府势力衰退，日本进入大名混战的战国时代。

④ 文明，日本年号之一。在应仁之乱以后至改元长享之前，即1469年至1487年。天皇为后土御门天皇。

⑤ 寝殿，平安时代至室町时代贵族住宅的建筑形式。以寝殿为中心，东、西、北面建对屋，南面建水榭，有游廊连接。

⑥ 间，一间约为一点八米。

⑦ 栈唐户，即中国传统建筑的格子门。门的形式多样，一般有腰串，腰串上面是格眼，下面为障水板。有的格子门没有腰串。日本称有腰串、障水板的推拉式格子门为栈唐户。

⑧ 花头窗，中国寺院的窗户建筑形式，后传入日本，多见于诗社、城郭、住宅建筑。窗顶呈火焰形或花形。亦称为火灯窗、架灯窗、瓦灯窗等。

屋顶为宝形造①，上饰有镀金的铜凤凰。另外，临池所建钓殿②（漱清）采用人字形屋顶，延伸出去，打破了整体的单调感觉。屋顶坡度舒缓，屋檐椽子配置宽疏，木材大小搭配细致，轻快优美，在住宅风格的建筑物里融合进佛堂风格，相得益彰，实为庭院建筑的最佳作品，体现出崇尚宫廷文化的足利义满的情趣，十分生动贴切地传递了时代的氛围。

义满死后，据其遗嘱，北山殿改为禅刹，称鹿苑寺。其中有的建筑物他迁，有的荒废，唯金阁幸存……

如夜空之皓月，金阁的建造是黑暗时代的象征。于是，我梦想中的金阁，必须有一个在其周围不断涌现的黑暗作为背景。这座柱子精美幽雅的建筑物在黑暗中从它的深处发出幽光，安详宁静地端坐在那里。无论人们对它说什么，这优美的金阁都必须默不作声，以其裸露的纤细结构忍受周边的黑暗。

我还想到那只伫立在屋顶上、长年经受风吹雨打的镀金铜凤凰。这只神秘的金鸟，既不报晓，也不展翅，一定忘记了自己是一只鸟。然而，若以为它并不会飞，其实是错误的。其他鸟都在空中飞翔，这只凤凰则展开它灿烂的金翅膀永远在时间中飞翔。

①宝形造，屋顶形式之一，又称方形顶、攒尖顶。屋顶为锥形，斜脊集中于屋顶形成攒尖，即宝顶。
②钓殿，临池而建的东西走向的建筑物，因在此钓鱼而得名。

时间拍打着它的翅膀。时间拍打翅膀之后，向后流逝。所以，为了飞翔，它只要保持纹丝不动的姿势，怒睁双目，羽翼高展，尾巴翘起，威严的金色双脚坚固地踩踏屋顶，这就足够了。

这么一想，我觉得金阁本身就像一艘渡过时间的大海驶来的美丽大船。美术书上说"这座建筑墙壁少，四周明柱"，这让我想起船的构造。结构复杂的三层屋顶形船只停泊在池边，这池水就是大海的象征。金阁度过无数的夜晚。这是永无尽头的航海。白天，这艘不可思议的船若无其事地抛锚停泊，让众多游人前来参观；但一到夜晚，它从周边的黑暗中获得动力，就扬起屋顶的风帆起锚航行。

可以毫无夸张地说，我人生中遇到的第一道难题就是什么叫作"美"。父亲是乡下一个朴实的僧侣，语言贫乏，不擅表达，只是对我说"世上没有比金阁更美的东西了"。在我尚不知晓的地方就已经存在着美，这个想法不由得让我充满不满和焦躁。美的确就存在于那里，如果这样的话，那就是我的存在被美疏远了。

然而，对于我来说，金阁绝不是一个观念，而是一个虽被群山遮挡无法眺望，但只要想看的话，走过去还是能看得见的一个物体。美，其实就是这样一个手可触摸、眼可看见的物体。我知道，我坚信，各种各样的东西都在不断地变化，唯有金阁是永恒不变的存在。

　　有时我想象金阁凝缩成一个小巧玲珑的工艺品收入我的掌心，有时想象金阁就是高耸云天的巨大怪物般的伽蓝。少年时候的我不认为美是一种大小适度的东西，所以当看见被朝露濡湿而泛着朦胧微光的夏天小花的时候，我就觉得它像金阁一样美。当我看见云团在远山翻腾升起，伴随着雷声，只有那阴森黝黑的云边镶嵌着一道灿灿闪烁的金边时，这壮美的景色也会让我想起金阁。甚至我看见美女的脸蛋，心中都会用"美若金阁"来形容。

　　这次旅行令人伤悲。我们在西舞鹤乘坐舞鹤线，这是连真仓、上杉等小站都会停的慢车，经绫部开往京都。车辆很脏，保津峡沿途的隧道很多，煤灰无情地钻进车厢里，呛得父亲不停地咳嗽。

　　乘客多半是与海军相关的人，三等车厢里挤满了下士、水兵、工人，以及前去海兵团①探亲回来的军属。

　　我望着窗外灰蒙蒙的春天的阴霾天，又看了看父亲套在国民服外面的袈裟，再看了看容光焕发的年轻下士们仿佛要把金扣子绷出来似的健壮的胸脯，我觉得我是他们中的一员。不久我就要成年，我也会被征兵。但是，我能像这些士官一样忠诚地履行自己的职责吗？不管怎么说，我现在脚踏两个世界。我感觉到，虽然我还这么年轻，但是在我丑陋而顽固的脑门里面，正通过战争

---

① 海兵团，旧日本海军内一种基础教育培训机构，主要负责为舰艇和海军机构提供补充兵员，以及军港的警备防卫等工作。

这个媒介将父亲所掌管的死亡世界与年轻人的生的世界联结在一起。我将成为这个结扣吧。显然，如果我死于战场，眼前这两条路，无论走哪一条，都是殊途同归。

我的少年时期混浊着微明的曙色。虽然暗影漆黑的世界极其可怕，但白昼般清晰透明的生也不属于我。

我一边照料着咳嗽的父亲，一边不时地望着窗外的保津川。河水呈现出如化学实验使用的硫酸铜那样浓郁的群青色。每当列车穿过隧道的时候，保津峡时而远离轨道，时而意外地近在眼前，在光滑的岩石包围中，轰隆隆地转动着群青色的辘轳。

父亲在车厢里打开盛着白米饭团的饭盒，显得有点难为情。

"这不是在黑市买的。都是施主的一片心意，所以我能心安理得地收下来。"

父亲声音较大，似乎是说给周围的人听。说罢，他勉勉强强地吃了一个不算大的饭团。

我怎么也不觉得这趟煤灰乌烟瘴气的老旧火车竟然是开往京都这个古都去的，它仿佛是通往死亡车站的列车。这么一想，我觉得火车每次经过隧道时，那弥漫的煤灰都散发着火葬场的气味。

……然而，一旦站在鹿苑寺大门前面，我的确怦然心动。我马上就能见到世上无与伦比的美景了。

太阳开始西斜，群山烟云缭绕。几个游客和我们先后穿过大门。左面是钟楼，钟楼四周的梅林已是残花凋零。

父亲站在种有高大麻栎树的正殿门前，请求拜见住持。里面回话说住持现在正在见客，请等候二三十分钟。

父亲说："那我们先去看看金阁吧。"

父亲大概想让我这个儿子知道，他在这里还是很有面子的，可以免费入内参观。然而，尽管父亲十几年前是这里的常客，但售门票的、售护身符的、门口验票的，都换了新人，没有老相识了。

"下次再来时，大概还会换人吧。"

父亲感觉有点寒意，不过我觉得父亲也不敢确定自己会"下次再来"。

这个时候，我故意装出一副少年活泼的样子（唯有此时，我才会故意装模作样地表现少年的习性），兴致勃勃地几乎是跑在前头。我多年梦寐以求的金阁立刻就把它的全貌展现在我面前。

我站在镜湖池边，池水的那边就是金阁，沐浴着夕阳的余晖。钓殿漱清在左边，半隐半现。金阁精美的影子倒映在稀稀落落漂浮着水藻、水草的池水里，投影显得更加完整清晰。夕阳在池水里的反射光在各层房檐里面摇曳生辉。这种反射光比周围的明亮更炫目耀眼，如一幅夸张地采用远近法的绘画，金阁给人一种气宇轩昂、令人敬畏的气势。

父亲瘦骨嶙峋的手搭在我的肩膀上，说道："怎么样，漂亮吧？一楼叫法水院，二楼叫潮音洞，三楼叫究竟顶。"

我变换各种角度，有时侧着脑袋望，却没有任何感动。这不过是一幢古旧发黑的三层小楼而已。屋顶上的凤凰，在我看来，简直就是一只乌鸦，不仅不美，甚至还产生失衡的不稳定感。我想，原来所谓的"美"就是这样的"不美"啊。

倘若我是一个谦虚好学的少年，在这样失望之前，一定会先审视哀叹自己鉴赏力的不足之处。然而，我心中如此景仰的无与伦比之美的期待落空，这种痛苦夺走了我所有的自我反省之心。

我想，金阁莫不是以虚假之美伪装自己，而实际上化作了别的什么东西呢？美为了保护自我，有可能欺骗人的眼睛。所以，我必须更加贴近金阁，排除让自己的眼睛感觉丑陋的那种障碍，细致入微地察看每个部位，从而重新发现真正的美的核心。我既然只相信美是眼睛可见的，那么理所当然应该采取这样的态度。

父亲领着我毕恭毕敬地登上法水院的外廊。我首先观看了摆放在玻璃柜里的精致的金阁模型。我喜欢这个模型，它更接近我梦中所见的金阁。而且，在大金阁的内部藏着一个一模一样的小金阁，就好像大宇宙中存在小宇宙那样，让人产生无限的联想。我终于可以第一次做梦了，梦见比这个模型更小巧更精致的金阁，以及比真实的金阁更无限大、几乎包容整个世界的金阁。

　　我也不能总站在模型跟前不想挪动，接着，父亲把我领到著名的国宝级文物义满像前。这尊木雕像使用义满剃发为僧之后的名字，称为"鹿苑院殿道义之像"。

　　可是，我觉得这是一具发黑的奇怪的雕像，从中没有发现任何美感。接着，我们到二楼的潮音洞，观看据说是出自狩野正信①手笔的《天人奏乐》藻井图，后来又去看了第三层究竟顶上四处残存的少得可怜的金箔痕迹。这些都没有给我带来美的感受。

　　我倚在细细的栏杆上，心不在焉地俯瞰池水。残阳余晖里，金阁的影子垂落在如生锈的古代铜镜般的池面上，漂浮着水草、水藻的深水下，映照出傍晚的天空。这个天空不是我们头顶上的真实天空，它充满清澄静谧的寂光，从下面，从内侧，把地上的世界完全吞下，而金阁如同锈透了的黑色巨大纯金船锚沉入其中……

　　住持田山道诠和尚与父亲曾是禅堂学友，同在禅堂学佛三年，一同生活起居。他们都在义满将军参与建立的相国寺的专门道场进行传统的庭诘②、旦过诘③的修行，然后入众④。一直到很久以后，有一天，道诠师父心情不错，他对我说，当时他和父亲不仅

① 狩野正信（1434—1530），室町时代的御用画家，开创狩野派。其画风深受中国水墨画影响。狩野派影响日本画坛四百多年。
② 庭诘，在专门道场修行的行脚僧在大门外从早到晚低头，请求入门修行，一般进行三日。
③ 旦过诘，修行僧经过庭诘后，在小房间里坐禅，一般进行三日。
④ 入众，经过庭诘、旦过诘后，得以剃度，方被允许成为本山的大众（云水）之一员。

是这样辛苦修禅的朋友，还曾在就寝时间一道翻墙出去买春，可谓甘苦与共。

父子俩参观过金阁之后，返回本殿门前，由人引领沿着宽敞的长廊，进入住持的大书院①房间，这里能看见庭院里那棵著名的陆舟松②。

我穿着学生服，双膝紧紧闭拢，恭恭敬敬，拘谨而坐。但父亲一到这里，显得轻松随意。虽然父亲和这位住持同出一门，但福相迥然相异。父亲病体衰微，一副寒酸样，肤色褐黑；而道诠和尚的脸色粉嘟嘟的，圆润得像糕点。和尚的桌子上堆满来自四面八方的包裹、杂志、书、信函等，都还没有打开，就像这座寺院般华美绚丽。他伸出胖乎乎的手，拿起剪子，灵巧地拆开一个包裹。

"这是东京寄来的点心。好像当下这种点心很罕见。不上市，店里买不到，是专门供应军人和官厅的。"

我们一边喝着淡茶，一边品尝着从未吃过的类似西式糕点的东西。由于我心情紧张，点心上的粉末一个劲儿地掉在我闪光的黑哔叽制服的膝盖处。

父亲和住持对军部和政府只重视神社，而轻视乃至压迫寺院

① 大书院，禅宗寺院里住持的书斋。
② 陆舟松，大书院庭院里的松树。据说是义满将自己的盆景松移植长大，修剪成舟船的形状，所以称为"陆舟"。京都著名的"三松"之一。

的现状愤愤不平，议论了一番今后应该如何经营寺院的问题。

住持身体微胖，当然也有皱纹，可是每一条皱纹都洗得干干净净。圆脸，鼻子很长，那形状就像流淌的树胶凝固在了脸上面。虽然是这样一张嘴脸，但头发剃光的脑袋却有几分威严，极具动物性，仿佛所有的精力都集中在脑子里。

父亲和住持聊起过去僧堂时代的回忆话题，我则无所事事地望着庭院里的陆舟松。这棵巨松树枝低垂，状似舟形，船头的枝叶高高昂起。此时即将闭园，似乎有团体游客前来观光，隔墙能听见从金阁方向传来的嘈杂声。脚步声和人声都被春天傍晚的天空吸收，听起来并不尖锐，而是含带柔和的圆润。脚步声又如潮水般退去，渐行渐远，令人觉得这就是从地面上走过的众生的脚步。我目不转睛地观望凝聚着残阳余光的金阁顶上的凤凰。

"我想把这孩子……"

听到父亲的这句话，我回头看着他。在昏暗的室内，父亲把我的将来托付给道诠师父。

"我余生无多了，所以想请你照料他的今后……"

道诠师父不愧是父亲的密友，没有什么客套话，直截了当说道："好的。我来照料。"

让我惊讶的是，此后，他们继续愉快地聊天，聊起不少名僧临终的趣闻逸事。据说有的名僧说"啊，我不想死"，却死去了；

有的名僧模仿歌德的话"让更多的阳光进来吧"，就死去了；还有的名僧死前还在清点寺院的钱财。

住持请我们吃了一顿叫作药石^①的晚餐，让我们当晚就住在寺院。吃过饭，我对父亲说还想去看看金阁，因为皓月当空。

父亲和住持久别重逢，十分兴奋。虽然相当疲惫劳累，但一听我说想再去看金阁，父亲立即喘息着站起来，一把抓住我的肩膀，随我出门。

月亮从不动山的山边升起。金阁的背面沐浴着月光，重叠出数道复杂的黑影，只有究竟顶的花头窗，月色柔畅地滑入它的窗框。究竟顶四周明柱，让人觉得朦胧月色就滞留此处。

夜鸟啼叫着从苇原岛方向展翅飞翔。我的肩膀上感觉到父亲枯瘦衰弱的手的分量。当我的目光落到肩膀上的时候，由于月光照射的关系，我竟觉得父亲的手化成了白骨。

※

回到安冈之后，让我大失所望的金阁在我的心中重新复活，金阁之美逐日复苏，不知不觉间比我亲眼所见之前更加美丽。我

---

① 药石，禅宗的晚餐。禅宗过去不吃晚餐，为御寒，将温暖的石子置于腹部，故有此名。药石皆吃粥，亦称"晚粥"。

说不明白哪里具有美感。梦想所孕育的形象一旦经过现实的修正，反而会更加刺激梦想。

我决定不再通过目之所见的风景和事物寻觅金阁的幻影。对我来说，金阁逐渐变成深厚、坚固的真实存在。它的每一根柱子、花头窗、屋顶、屋顶上的凤凰，一切的一切都成为触手可及的东西，清晰地浮现在我的眼前。微小的细部与复杂的整体相辅相成，仿佛从音乐的某一个小节中流淌出整首乐章的旋律，不论取哪个部位，都能鸣奏出金阁的整体乐曲。

"父亲说世上最美的是金阁，此言不虚。"

我第一次给父亲写了信。父亲把我带回叔父家以后，又立即返回那荒寂的海岬寺院。

母亲很快给我来了一封电报，说父亲大量咳血，已经去世了。

第二章

父亲之死正式终结了我的少年时代。我惊愕于自己的少年时代完全缺少对人的关怀。当我知道自己对父亲之死毫无伤感时，这种"惊愕"就不再是"惊愕"，而变成一种无奈的感慨。

　　当我赶回家时，父亲已经入殓。因此我只能步行到内浦，然后租船沿内浦湾回到成生，花了整整一天时间。当时即将进入梅雨季节，太阳暴晒，十分炎热。我同父亲的遗体见了最后一面，棺木便匆匆运往荒凉的海岬火葬场，打算就在海边火化。

　　乡村寺院住持的死去其实真是不同寻常。死得其所，就显得与众不同。他这个人，可以说是这一带的精神核心，是所有信徒一生的监护人，也是信徒死后的遗嘱委托人。而他，死在寺院里。这给人一种极其忠于职守的感动，一个教别人怎么死的人在亲自表演的时候不慎失误造成自己的死亡，感觉这是一个过失。

　　父亲灵柩的安放准备得细心周到，按部就班，感觉有点过于得其所哉。母亲、小和尚、檀家众人都痛哭流涕，小和尚念经磕磕巴巴，仿佛还要依照灵柩里的父亲的指示。

父亲安眠在初夏各色鲜艳的花丛中，所有的花卉都还娇嫩水灵，令人不寒而栗。鲜花似乎都在窥视着井底。为什么呢？因为人一死去，他的脸就从人活着的时候的脸所具有的存在表面无限地沉陷下去，只剩下脸的轮廓面对我们，而且脸陷落下去的地方深不见底，无法重新捞上来。所以，遗容真实地告诉我们：所谓物质，它的存在距离我们多么遥远，其存在方式，我们根本无法企及。精神通过死亡变成物质。这是我第一次接触到这种场面。现在，我才逐渐明白五月的鲜花、太阳、桌子、校舍、铅笔……这些物质为什么对我那般疏远冷漠，为什么与我距离遥远。

母亲和檀家们见证了我与父亲遗体的最后见面。但是，我顽固的心理无法接受这句话所暗示的生者世界的类推。我不是和父亲见面，我只是看着他的遗容。

遗体只是给别人看。我只是看着。所谓"看"，就是像平时一样毫无意识地看。这个"看"，既是生者权利的佐证，也是残酷性的表示。对我来说，这是新鲜的体验。我，从来就不会大声唱歌，不会一边叫喊着一边四处奔跑，然而，我这样的少年就是这样从中学到了对自己生的确认。

我本自卑，可那个时候，我毫不羞愧地将自己没有一滴泪痕的、开朗的脸面对檀家们。寺院坐落在面海的山崖上，盘旋在日本海海面上的夏天的云朵堆积在吊唁客人的身后。

出殡的诵经开始了，我也一起念经。正殿昏暗，挂在柱子上的幡，横梁上的花鬘、香炉、花瓶等器物，在长明灯闪烁的灯火中熠熠发光。时而有海风吹拂进来，将我僧衣的袖子吹鼓起来。我不断感觉到正在诵经的自己的眼角里，被强烈的阳光所镌刻的夏日云彩翻卷。

外面的强光无情地倾斜在我的半边脸上。那是光辉的蔑视……

——当送葬队伍再走一两丁①就到达火葬场的时候，我们遇上了一场骤雨。正好走到一个心地善良的檀家的家门口，于是灵柩可以暂时避雨。可是不见雨停的样子，大家只好继续往前走。大家都打着雨伞，把油纸盖在棺木上，向火葬场抬去。

火葬场在村落东南面凸出的海岬尽头、遍地石子的小海滨。因为这里的烟不会向村落方向飘散，所以一直就把此地作为火葬场使用。

这里的海浪汹涌澎湃。惊涛涌动，激荡高涨，狠狠地摔成碎片，雨水不停地扎刺这荡动不安的水面。暗淡无光的雨水只是冷静地刺穿这不同寻常的海面，然而海风忽然裹着雨水砸向荒凉的岩壁，白色的岩壁被墨色般的雨水染得黝黑。

我们穿过隧道，到达火葬场。在雇工们为火化做准备时，我们在隧道里避雨。

———————————
① 丁，一丁约为一百零九米。

这里看不到任何海景，这里只有惊涛骇浪、湿漉漉的黑色岩石和大雨。灵柩泼上油后，露出富有光泽的木头本色，经受着雨水的敲打。

点火了。使用的油是专门为住持去世而配给的，相当充裕。火焰逆着雨水腾腾燃起，发出越来越大的鞭子抽打般的声音。白昼的火焰在大股浓烟中呈现出透明的形状，看得清清楚楚。滚滚浓烟不停地鼓胀，涌动翻腾，逐渐朝着山崖方向飘去，有时候在某个瞬间，雨中的火焰以艳丽的形象袅绕上升。

突然听到东西炸裂般的可怕声响。棺盖蹦了起来。

我看了看身边的母亲。她双手抓着佛珠，直立不动。她面部僵硬，身子凝固，仿佛变得很小，小得甚至可以握在掌中。

※

遵照父亲的遗言，我来到京都，成为金阁寺的弟子。住持给我剃度，学费由他提供，但我要打扫寺院的卫生，照料住持，类似俗家人的学仆。

进了寺院后，我才知道，那个严厉的总管应征入伍了，剩下的不是老就是小。在各个方面我都觉得很轻松，不像上中学那样。大家都是寺院的弟子，所以我没有被人欺负嘲笑。……只是我口吃这个缺点，与大家有所不同。

我从东舞鹤中学退学，由田山道诠和尚推荐介绍，转学到临济学院中学。还有不到一个月，秋季学期就要开学，以后我就要每天走读。不过，我知道，开学以后首先要去什么工厂参加义务劳动。我即将进入新的生活环境，现在留给我的还有几周的假期。这是我服丧期的暑假。这是昭和十九年战争末期宁静得不可思议的暑假……寺院弟子的生活纪律严格，但想到这是自己最后的、雷打不动的休假，我无论如何也要仔细倾听夏天的蝉鸣。

……分别数月以后，重见金阁，沐浴着晚夏的阳光，那么静谧。

刚刚剃度，我顶着发青的脑袋，空气好像紧紧贴在脑壳上。自己脑子里考虑的事情只通过一层薄薄的、极其敏感又极易受伤的皮肤与外界物相接触。这是一种极其危险的感觉。

我抬起这样的脑袋仰望金阁，觉得金阁不仅进入我的眼睛，也渗透进我的脑海。我的光头遇阳光而发热，遇晚风而清凉。

有时我会停下手中的笤帚，在心中自言自语：金阁啊！我终于住到你身边了。当然未必现在，但愿有一天你向我显示亲切，袒露你的秘密。我感觉自己差一点就能看到你的美，但目前还看不见。让我清晰地看见比我心象的幻影更加美丽的真实的金阁吧。还有，如果你的美在这世界上无与伦比，那你就向我坦陈为什么如此之美，为什么必须如此之美？

这一年夏天，失利的消息不断传来，战争前景黯淡，由于这个原因，金阁更显得光彩夺目。六月，美军攻占塞班岛，盟军在诺曼底长驱直入。前来参观的游客明显减少，金阁似乎很享受这样的孤独和寂静。

战乱、动荡、尸骨累累、血流成河，这都理所当然地让金阁之美更加丰饶。金阁原本就是一座不安的建筑，是以一个将军为核心的诸多心理阴暗的人所筹划的建筑。美术史家只看见三层楼模式的调和，而这种互不统一的设计其实是在探索如何让不安结晶的模式，所以金阁自然而然地成为这个样子。如果建成一种安定的模式，金阁就无法容纳这些不安，一定早就崩溃了。

……尽管我常常放下手中的笤帚，仰望金阁，但还是感觉金阁就在那里存在实在不可思议。记得和父亲一起参观金阁的那个夜晚，并没有这样的感觉，可是想到今后长年和金阁生活在一起，金阁的存在近在眼前，就觉得简直难以置信。

住在舞鹤的时候，觉得金阁就在京都里，是一个不变的存在。可是住到这里以后，感觉只有在我看它的时候，它才存在，夜晚睡在正殿里的时候，它似乎就不存在。为此，我每天都无数次地眺望金阁，让那些师兄师弟笑话。不论我看多少遍，都觉得金阁就在那里存在，简直不可思议。看过之后，我离开正殿，在回去的路上，猛然转身再看一次，总觉得金阁会如同那个欧律狄刻①一样，突然间消失得无影无踪。

我打扫完金阁的周边，为了避开炎炎的朝阳，便走进后山，沿着小路向夕佳亭走去。还不到开园的时间，不见游客的身影。大概是舞鹤航空队的战斗机编队从金阁的上空低飞掠过，留下低沉的轰鸣声。

后山有一潭布满水藻的僻静池沼，叫作安民泽。池中有一小岛，岛上有一冢，叫作白蛇冢，上立一座五层石塔。这一带，每到清晨，鸟鸣婉转，却不见鸟，仿佛整个树林都在啁啾欢鸣。

池沼的这头是绿茵茵的青草，小径两旁的低矮栅栏从草地上穿过。一个身穿白衬衣的少年躺在草地上。一把竹耙子靠在他身边低矮的枫树上。

少年猛地坐起来，那气势仿佛要把夏日早晨飘浮的潮湿空气捅破，看见是我，说道："什么呀，原来是你啊。"

他姓鹤川，昨天晚上才介绍认识的。鹤川的家是东京近郊一座富裕的寺院，所以丰厚的学费、零花钱、粮食等都由家里寄来。

---

① 欧律狄刻，希腊神话中俄耳甫斯之妻，新婚不久后死去。俄耳甫斯去冥府恳求冥王哈得斯和冥后珀耳塞福涅，用琴声打动他们。冥王同意欧律狄刻重返阳间，但告诫他"离开地狱前万万不可回头看她"。快走出地狱的时候，俄耳甫斯忍不住回头确认妻子是否跟在自己后面，结果欧律狄刻坠回冥界，消失得无影无踪。

家里人只是想让他体验一下佛门弟子修行的生活，通过住持的关系住在金阁寺里。他在暑假回家去了，昨晚提早回来的。他讲着一口标准漂亮的东京话，从秋季开始就和我成为临济学院中学的同班同学。昨晚开始，他那滔滔不绝的伶牙俐齿就让我心生恐惧。

现在，他那一句"原来是你啊"就让我无言以对。我的沉默，他好像理解为对他的责备。

"算了，何必这么认真扫地呢？反正游客一来，又会被弄脏。再说了，游客也很少吧。"

我微微一笑。我的这种无意识间自然流露出来的无奈的笑容，似乎成为对方认为我为人亲切的根源。我总是这样无法对自己给予别人印象的具体细节负责。

我跨过栅栏，在鹤川身边坐下来。他又躺下来，双臂抱着后脑勺，胳膊的外侧晒得发黑，内侧洁白，白得连静脉都浮透出来。朝阳从树间筛落下来的光线在地上铺洒出青草淡淡的绿影。我凭直觉知道这个少年和我一样，大概并不喜欢金阁。因为我不知不觉地将对金阁的偏执一味归咎于自己的丑陋。

"听说令尊去世了？"

"嗯。"

鹤川滴溜溜地转动眼珠，毫不隐讳少年固有的对推理的热心。

"你这么喜欢金阁，是不是因为一看到金阁，就想起你的父亲？当然我是说如果你父亲也喜欢金阁的话。"

他猜中了一半，但是我无动于衷，感觉到自己面无表情，这让我有点高兴。鹤川喜欢将人的感情分门别类，就像喜欢制作昆虫标本的少年那样，把标本分别放在自己房间里的各个精致漂亮的小抽屉里，经常拿出来检查一下，他似乎就有这样的爱好。

"令尊去世，你非常伤心。所以，我觉得你的心情相当寂寞。我昨晚第一次见到你，就有这种感觉。"

我听他这么说，觉得也无须和他争论，他看出我很寂寞，我从他的感觉中赢得了某种安心和自由，语言流利地说道："我没什么可悲的。"

鹤川厌烦地扬起长睫毛，看着我："哦……这么说，你憎恨父亲？至少讨厌父亲吧？"

"我既没有憎恨，也没有讨厌……"

"哦，那你为什么不伤心？"

"不为什么……"

"不明白。"

鹤川遇到难题，又起身坐在草地上。

"那么，有没有别的更伤心的事？"

"什么啊，我不知道。"

我说罢，开始自我反省：我为什么喜欢让别人怀疑自己呢？

对我自身而言，这里没有任何疑问，是明明白白的事。我的感情里也有口吃，我的感情总是慢半拍。其结果造成父亲之死与我的悲伤感情变成两种孤立、互不关联、互不交叉的事。就那么一丁点的时间偏差，就晚了那么一丁点，就把我的感情和事情本身拉回到分散的——也许是本质性的分散状态。如果我有悲伤，大概与任何事情本身，与任何动机都毫不相干，而是突发性地、毫无缘由地向我袭来的悲伤……

……我终于无法将这一切再次向这个新认识的朋友加以说明。

鹤川最后笑了起来：“嚯，你真是个怪人。”

他穿着白衬衫的肚子上下起伏。我看着从树间筛漏下来的阳光在他的肚子上动弹，感到幸福。如同这家伙衬衫上的皱纹，我的人生也出现皱纹。可是，这衬衫多么洁白闪亮啊，尽管上面有很多皱纹……如果我也这样……

寺院对俗世漠不关心，禅寺有禅寺管理的规矩。因为是夏天，每天最晚五点起床，起床叫作“开定”。起来后马上就是早课诵经，叫作“三时回向”，就是念三遍经。然后打扫室内卫生，用抹布擦桌子等，接着是早餐的“粥座”。进餐前念《粥座经》：

粥有十利

饶益行人

果报无边

究竟常乐

　　然后喝粥。早餐毕，从事拔草、打扫庭院、劈柴等劳作。如果是学校开学期间，就去学校。放学回来后，不久就是药石晚粥。吃过饭，有时候听住持讲解佛经。九点"开枕"，即就寝。

　　这就是我的"日课"。每天早晨叫醒我们的信号就是厨房典座①的摇铃声。

　　金阁寺，即鹿苑寺里，本来应该有十二三人，但大多被应征入伍或征用干活，现在只剩下七十多岁的导游、传达员，将近六十岁的女炊事员，此外就是执事、副执事，加上我们三个弟子。老人都已是垂暮之年，少年还都是小孩子。执事也被称为"副司"，负责财会，忙得不可开交。

　　几天后，寺院分配我给住持（我们称他为"老师"）的房间送报。报纸一般是在早课后扫除完毕的时候送来。现在寺院人手少，在很短的时间就要打扫三十来间房屋，把所有的走廊擦一遍，干活就难免粗疏。我到大门口取来报纸，穿过"使者间"的前廊，从客殿后面绕一圈，再穿过间廊，来到老师所在的大书院。我走过来的一路上，看见走廊地板上不少凹处有积水，原来他们使用

① 典座，禅宗寺院掌管伙食、卧具的僧侣，亦指厨房。

泼水的方式擦拭地板，积水在朝阳照射下闪着亮光，连我的脚脖子都被濡湿了，不过因为是夏天，觉得很舒适。

我跪在老师房间的隔扇外面，打声招呼："打扰您了。"

"嗯。"

听到老师的回答以后，我才能进房间。我的师兄教给我一个秘诀：进老师房间之前，必须先用僧衣的下摆把濡湿的脚擦干净。

我闻着油墨散发的世俗的强烈气味，偷偷浏览了一遍报纸的大标题，看到一则《帝都遭受空袭不可避免吗？》的标题。

我一直觉得奇怪，自己从来没有把金阁与空袭联系在一起考虑问题。塞班岛沦陷以后，所有的人都说本土遭受空袭不可避免，京都市的部分地区也急急忙忙地开始强行疏散，但我坚持认为，金阁这个半永久的存在与空袭的灾难绝对无缘。我心若明镜，金阁乃金刚不坏之身，与科学的烈火，二者的本质迥然相异，一旦相遇，金阁会灵巧地避开。……然而，也许金阁很快就会毁于空袭的大火。照此下去，金阁无疑会化为灰烬。

……我心中产生这种想法以后，金阁再次增强了它的悲剧性的美。

那是开学的前一天，我暑假最后一天的午后。住持被人请去做法事，不知道去哪里，带着副执事出门去了。鹤川叫我一起去看电影，我不感兴趣，他也立刻没有了兴致。鹤川这个人就是这样的性格。

我们请了几个小时的假，换上土黄色的裤子，打上绑腿，戴着临济学院中学的制帽，走出正殿。夏天酷暑，没有一个游客。

"去哪里？"

我回答说，先别说去哪里，出去之前，我想先把金阁仔仔细细地看一遍。明天这个时候就看不到金阁了，我们去工厂干活不在寺里，也许金阁就被空袭烧毁了。我结结巴巴地说了这么一通似是而非的理由，鹤川流露出一脸惊讶而着急的表情。

说完以后，我满头大汗，好像自己刚才说了一番可耻的话。我把自己对金阁的执着感情毫无保留地袒露出来，也就是对鹤川这一个人。但是，他听我说话时候的表情，和努力听我口吃说话的其他人一样，只有我所熟悉的焦躁感。

我遇见的是这样的面孔。在我要将自己的重大秘密告诉别人的时候，在我要倾诉对美的激情感动的时候，在我推心置腹坦诚相示的时候，我所看到的就是这样一副面孔。人一般不会以这样的面孔示人。这副面孔以绝对的真实原封不动地模仿了我的滑稽的焦躁感，可以说变成我所畏惧的一面镜子。不论多么漂亮的容貌，在这个时候，都会变得和我一模一样的丑陋。当我看到这个面孔时，我本想表达的重要的事情，就堕落成毫无价值的一片破瓦……

夏天强烈的阳光照射在我和鹤川之间。他充满朝气的脸泛着油汗，耀眼闪亮，每一根眼睫毛都燃烧着金色的光泽，鼻孔呼出的闷热气息扩散开来，忍着听完我的话。

我的话说完了。话一说完，一股怒火袭上我的心头。鹤川从第一次和我见面开始就从来没有嘲笑过我的口吃。

我责问道："为什么？"

我多次说过，我更喜欢别人的嘲笑和侮辱，而不是同情。

鹤川露出难以形容的温柔微笑，说道："我这个人对这事毫不在意。"

我感到惊愕。我生长在乡下粗俗的环境里，不了解还有这样的温柔。鹤川的温柔告诉我，从我的身上剔除口吃，我可能依然还是我。我彻底体味到被剥得精光的快感。鹤川那一双被长睫毛覆盖的眼睛，过滤掉我的口吃，完全容纳了我。以前我一直奇怪地坚信，谁要是无视我的口吃，谁就是抹杀我的存在。

……我感受到感情的和谐和幸福。在这样的时刻，我所看到的金阁将终生不忘，这毫不奇怪。我们两人从正在打瞌睡的传达室老人的跟前悄悄走过，沿着墙边没有人的道路来到金阁前面。

……我至今还清晰地记得那个画面，两个打着绑腿、身穿白衬衫的少年并肩站在镜湖池畔，金阁就存在于他们面前，中间没有任何阻碍。

最后的夏天，最后的暑假，暑假最后的一天……我们的青春伫立在令人头晕目眩的顶端。金阁也和我们一样，伫立在顶端。我们和金阁面对面地对话，对空袭的期待使得我们与金阁如此接近。

晚夏宁静的阳光，把金箔贴在究竟顶的屋顶上，直射的阳光以夜色般的暗影充填金阁的内部。过去，这座建筑以其不朽的时间压迫我、阻隔我；如今，即将毁于燃烧弹大火的命运使得它向我们的命运靠拢过来。金阁也许比我们先毁灭。如此一想，竟觉得金阁和我们一起活在同样的生命里。

环绕金阁的群山上生长着茂密的红松，笼罩着一片聒噪的蝉鸣，如同无数无形的僧侣在念诵消灾咒：

　　　　佉佉。佉呬佉呬。吽吽。入嚩啰入嚩啰。钵啰入嚩啰钵啰入嚩啰。

我想，这么美丽的建筑不久就要化为灰烬。于是心象中的金阁就与现实的金阁重叠在一起，如同薄绢临摹的画与原画的重叠，所有的细部都逐渐严丝合缝地重叠，屋顶与屋顶，池塘延伸部分作为钓殿的漱清亭与漱清亭，潮音洞的回廊与回廊，究竟顶的花头窗与花头窗，都叠合在一起。如此一来，金阁就不再是纹丝不动的建筑，而是化成现象界的无常的象征。通过我的想象，现实的金阁变得美丽得不比心象的金阁逊色。

明天，也许大火从天而降，这典雅的柱子、优雅的屋顶曲线都灰飞烟灭，我们再也看不到它了。然而，眼前高雅精致的姿态沐浴着烈焰一般的夏日阳光，显得坦然自若。

山边耸立着威严的云彩，和我在亡父入殓时一边听着诵经一边从眼角余光瞥见的夏云一模一样。那云彩充溢着郁积的阳光，正俯瞰这纤细的建筑。金阁似乎在如此强烈的晚夏日光照射下，失去其细腻的韵味，只在内部阴森冰冷的黑暗包围中，以神秘的轮廓拒绝周围金光灿灿的世界。而唯有屋顶上的那只凤凰，张开锐利的尖爪紧紧抓着台座，以防止摇晃。

鹤川见我长久地凝视着金阁，有点不耐烦，从脚边拾起一块石子，以棒球投手的优美姿势扔进镜湖池映照的金阁的倒影里。

水面荡起的波纹推开水藻，轻轻扩展，美轮美奂的金阁建筑顷刻间坍塌崩溃。

※

在此后至战争终结的一年时间里，我与金阁最为亲近，最关心它的安危，耽溺于它的优美。那个时期，我把金阁降低到与我同样的高度。只有在这样的条件下，我才能无所顾忌地热爱它。我还没有受到金阁的坏影响或者毒害。

我和金阁在这世间具有共同的危难，这激励着我。我发现这是连接美与我的媒介。我觉得这在拒绝我、疏远我的东西与我之间架起了一座桥梁。

烧毁我的大火，也必将烧毁金阁，这个想法几乎让我陶醉。我们都注定要遭受同样的灾难、同样不祥之火的命运，那么金阁就和我所居住的世界属于同一维空间。它和我脆弱丑陋的肉体一样，也是一具虽然坚固却十分易燃的碳化物肉体。这么一想，就像小偷把珍贵的宝石吞进肚子里隐藏逃走一样，我也可以把金阁藏在我的肉体里、藏在我的身体组织里逃之夭夭。

这一年里，我没有读经，没有看书，天天都在修行、军训①、学习武道、给工厂干活、帮忙强制疏散的工作等，就这样打发日子。战争助长了我梦想的性格，让我远离人生。对我们少年来说，战争只是一种梦幻般没有实质性的匆忙体验，是人生意义被阻隔的隔离病房。

昭和十九年十一月，当 B-29 轰炸机第一次轰炸东京的时候，我立刻就想到京都明天也会遭受空袭。我暗中期待京都化为一片

---

① 军训，指日本战时在学校里进行的军事训练。

火海。这座古都依然原封不动地守护着太多古老的东西，许许多多的神社佛阁忘记了过去发生的热灰未冷的记忆。一想到应仁之乱使古都荒芜残破，我就觉得京都忘却战火的不安已经太久，所以觉着京都会因此丧失几分美。

明天，也许就在明天，金阁将被烧毁，占满空间的那个形态就会荡然无存。……那时，屋顶上的凤凰会像不死鸟那样重生，飞翔而去。一直被形态紧紧束缚的金阁也会轻易地挣脱锚链，在池水上，在黑暗的海潮上，滴漏微光，到处漂移……

我一直翘首以待的空袭京都终于没有盼到。翌年三月九日，我听到东京的平民区被烧毁的消息，可是灾难依然遥远，京都的上方只有明媚晴朗的早春天空。

我的等待半是绝望，但是我相信，这早春的天空恰如闪光的玻璃窗，虽然看不见里面，但其实里面隐藏着烈火和灭亡。如前所述，我对人冷漠，缺少关爱，父亲之死、母亲之贫困，几乎没能左右我的内心世界。我只是幻想天上有一台巨大的压榨机，可以将所有的灾难、悲惨的结局、惨绝人寰的悲剧，还有所有的人和物质、所有美丑的东西，一切的一切，在同样的条件下碾成齑粉。早春天空那不同寻常的光芒如同一把巨斧利刃的寒光覆盖着整个大地，我只等待着巨斧的劈下，不容我片刻的思考，立即劈下。

我至今依然觉得不可思议的是，原本我并没有被黑暗的思想所俘虏，我关心的、给予我难题的应该只是美。但是，我不认为是战争对我产生了影响，让我具有了黑暗的思想。也许只要对美进行极致的刨根问底式的探求，人就会不知不觉地撞上这世界上最黑暗的思想。人大概生来就是这样的。

我想起战争末期发生在京都的一件事，这件事简直难以置信，但目击者并非只有我一个人，鹤川就在我身边。

那一天是停电的日子，我和鹤川一起去南禅寺。南禅寺我还没有去过。我们穿过宽阔的公路，走过横架在斜面缆车①上的木桥。

这是五月晴朗的日子。斜面缆车已长久没有使用，牵引船舶的斜面轨道锈迹斑斑，几乎被杂草覆盖。杂草绽开十字形的小白花，在风中摇曳。从脚下到坡面开始倾斜的地方，脏水淤积，浸泡着这边岸上并排叶樱的倒影。

我们站在小桥上，无聊地看着水面。在各种各样战争的记忆中，这种短暂的无聊时间却给我留下了深刻鲜明的印象。这无所事事的、茫然若失的短暂时间，犹如从白云间偶尔探出的蓝天，随处可见。奇怪的是，这样的时间简直就像痛切的快乐回忆般鲜明清晰。

"真好。"

---

① 斜面缆车，在倾斜面上铺设轨道，架设缆车，将船上货物装在台车上牵引上斜面的设备，如京都蹴上的缆车。

我又无聊地微笑起来。

"嗯。"

鹤川看着我也微笑起来。

我们两人由衷地感受到这两三个小时的时间是属于自己的。

宽阔的沙石路延伸着，路边是一道水沟，清水潺潺，水面上摇曳着丰美的水草。走不多久，那座著名的山门就屹立在我们面前。

寺内无人，树木嫩绿，郁郁葱葱，许多塔头①的屋脊如同倒伏的巨大黑灰色书本，十分清秀。在这个瞬间，战争又算是怎么回事呢？在某个场所，某个时间，战争仿佛是只存在于人意识中的怪异的精神事件。

当年石川五右卫门②脚踩楼上的栏杆观赏漫山花海，大概就是在这座山门吧。我们出于孩子般的心态，尽管现在是叶樱的季节，但还是想以像五右卫门那样的姿态眺望景色。我们买了不贵的门票，登上黑乎乎的陡峭的木台阶。登到最上层的小平台的时候，鹤川的脑袋碰到低矮的天花板上，我刚一笑话他，自己的脑袋也撞了上去。我们弯着腰再继续登，终于来到楼上。

从地窖般狭窄的台阶登上来，眼前豁然开朗，视野开阔，刚才的紧张感顿时烟消云散，心情舒畅开来。我们尽情欣赏满眼叶樱、

---

① 塔头，禅宗寺院的住持、高僧死后，弟子仰慕其高德，在他的卒塔婆附近建造的小庵。
② 石川五右卫门（1558—1594），据说是日本安土桃山时代的大盗。被捕后在京都三条河原被烹杀，其家人、亲戚皆被处死。

松树的葳蕤景色，前方鳞次栉比的人家住户对面的平安神宫郁葱茂盛的森林，京都市街尽头云蒸霞蔚的岚山，北面的贵船、箕里、金毗罗等群山逶迤的姿容，然后像一个真正的佛家弟子一样，脱鞋，恭恭敬敬地进入正殿。昏暗的正殿铺着二十四叠榻榻米，释迦佛像居中，两边是十六罗汉，金色的眼珠在黑暗中闪亮。此处被称为"五凤楼"。

南禅寺虽然也属于临济宗，但与相国寺派的金阁寺不同，它是南禅寺派的大本山。我们现在就站在同宗异派的寺院里。可是，我们就像一般的中学生那样，一只手拿着旅游便览，观赏据说是出自狩野探幽守信、土佐法眼德悦[①]手笔的颜色鲜艳的藻井画。

藻井的一边，绘有弹琵琶、吹笛子的飞天，别的藻井上还绘有手捧牡丹飞翔的迦陵频伽。这是栖息在天竺雪山的妙音鸟，人首鸟身。中间的藻井上绘有与金阁寺屋顶上的凤凰同类的鸟，一只华美艳丽的彩虹般的凤凰，但与那只威严的金鸟毫无相似之处。

我们在释迦佛像前跪拜合掌，然后走出正殿，但舍不得离开，便倚在楼梯侧面朝南的栏杆上。

我似乎看到一个有着美丽色彩的小旋涡，可能是刚才看到的色彩浓烈的藻井画留下的残像。凝聚着五彩缤纷的颜色的感觉，犹如迦陵频伽鸟躲藏在丰饶的嫩叶下和松树的翠绿枝头，从树缝

---

① 土佐法眼德悦，生卒年不详。江户时代元和年间的画家。

间露出五彩斑斓的翅膀的一小部分。

其实并非如此。我们的面前，隔着一条路有一座天授庵。穿过种植着低矮树木的简朴幽静的庭院，走过用方形石头的尖角拼接铺成的曲径，进入隔扇敞开的宽大客厅。客厅里的壁龛和博古架看得清清楚楚，好像这里经常举办各种茶会，向神佛献茶。地上铺着鲜红色的毛毡。房间里跪坐着一个年轻的女子。我所看到的就是这些。

战争期间，不会看到身穿如此艳丽华美的长袖和服的女子。穿着这种盛装艳服出门，路上肯定会被人指责，只好返回家去。她的广袖和服是这样地绮丽美艳，虽然看不见精美的花纹，但淡蓝色的衣料上描绘、刺绣各色各样的花卉，粉红的腰带上金丝线闪闪发光，夸张一点说，简直流光溢彩，映照得周围熠熠生辉。年轻的美女端庄而坐，白皙的侧脸如浮雕般富有立体感，甚至令人怀疑她是否是真人。我磕磕巴巴地问道：

"她是活人吗？"

"我刚才也这么认为。感觉就像一个人偶。"

鹤川的胸口紧紧压在栏杆上，目不转睛地看着她。

这时，从里屋走出来一个身穿军服的年轻陆军士官，彬彬有礼地端坐在离女子一二尺①远的地方，两人静静地对坐片刻。

---

① 尺，1891 年，日本规定一尺约为三十厘米。

女子站起来，悄然消失在走廊的昏暗里。一会儿，她捧着茶碗走进来，和服的广袖在微风中轻扬，在男子面前向他敬茶。她按照茶道的礼仪献上一杯薄茶，然后回到原来的地方跪坐下来。男子对她说了什么话，一直不肯喝茶。我感觉这段时间格外长，也格外紧张。女子低头倾首……

接下来发生的事情令人难以置信。女子依然保持端庄娴静的姿势，却突然解开衣领。我的耳朵似乎听见丝绸的腰带从结实的衬里抽出来的声音。她露出洁白的酥胸。我简直目瞪口呆。女子亲自托着，把一边白皙丰满的乳房拿起来。

士官捧着乌黑的茶碗，膝行到女子面前。女子用双手揉着乳房。

不能说我都看到了哪些细节，但我真切地感觉到，温热洁白的乳汁喷进乌黑茶碗内起着泡沫的莺绿色的茶汤里，直到最后一滴都完全融进茶汤里，静寂的茶汤表面泛起乳白色的泡沫。

男子捧起茶碗，把这神奇的茶汤一饮而尽。女子将其酥胸掩藏起来。

我们看得入神，脊梁僵硬。后来我们按照常理推测，这个女子怀上了士官的孩子，士官即将上前线，可能他们在这里举行告别仪式。然而，当时的感动不允许我进行任何的解释。我过于凝神关注，过了好久才发现他们不知道什么时候从客厅里消失了，眼前只剩下那一块很大的鲜红色毛毡。

我看见的女子那浮雕般富有立体感的侧脸和她无比洁白的酥胸，在她离去之后，这一天的时间、第二天、第三天，都依然萦绕在我的脑海，驱赶不掉。她简直就是重生的有为子。

第三章

亡父一周年忌辰的时候，母亲想起一个怪主意：因为我要参加"勤劳动员"①，难以请假回家，于是母亲说她亲自抱着父亲的牌位到京都来，请田山道诠和尚为他这位老友的忌日诵经，哪怕就几分钟也可以。母亲没有钱支付诵经费，只好寄望于过去两人的情分上，给和尚写了一封信。和尚表示同意，并把这件事告诉了我。

我听了以后，心情并不高兴。我在前面一直刻意回避母亲的话题，其实有其原因。我从心理上不想触及母亲。

有一件事——我从来没有就这件事责备过母亲半句话，从来没有说出口。我想，母亲大概以为我不知道吧。但是，从此以后，我的心中就一直不能宽恕母亲。

我上东舞鹤中学时，寄居在叔父家里，一年级的暑假，我第一次回家探亲。母亲有一个亲戚，名叫仓井，在大阪生意失败，

---

① 勤劳动员，"二战"末期的 1943 年，日本由于劳动力严重不足，便有计划地、强制性地动员以中学生为主的国民参加军需产业、农业增产的劳动。

便回到成生。他是入赘女婿，住在女方的家里，妻子不让他进门，于是只好临时寄住在父亲的寺院里，待妻子消气后再回去。

我家是小寺院，蚊帐少。母亲和我与患肺结核的父亲共用一顶蚊帐，我们竟然没有被传染上。当时又加上了仓井。我还记得，夏天深夜院子的树木上，夜蝉飞来飞去，传来不绝如缕的短促的鸣叫声。也许正是蝉鸣让我醒来的。我听见海浪撞击的轰鸣，海风掀起蚊帐黄绿色的下角。蚊帐的抖动似乎异乎寻常。

蚊帐被海风吹得鼓胀起来，又把海风过滤出去，不由自主地飘动起来。所以，被风吹起的蚊帐并非风吹出的真实形状，而是风势减弱时，棱角消失了的形状。榻榻米发出如竹叶在风中摩挲般的声音，那是蚊帐的下角摩擦榻榻米的声音。然而，蚊帐里有一种并非风吹的摇动，比风吹更加细腻轻微，如涟漪般扩展到整个蚊帐，扯动着粗糙的蚊帐布料，从里面看，整面大蚊帐犹如涨潮时骚动的湖面。湖面上留有远处船只扬起的波痕，抑或是刚刚驶过的船只余波悠远的荡漾……

我战战兢兢地将目光投向蚊帐发出抖动的方向。黑暗中，我睁大眼睛，我感觉好像有一把锥子尖锐地刺进了我的眼珠。

四个人挤在一顶窄小的蚊帐里，我睡在父亲旁边，翻身的时候，好像把父亲挤到了角落里，在我与我所看到的景象之间，间隔着一块皱巴巴的白床单，蜷缩着身子睡觉的父亲将他的呼吸直接灌

进我的衣领里。

父亲憋住咳嗽，以至于呼吸不顺畅而喘息的状态传递到我的后背，我知道父亲醒了。这时，突然，十三岁孩子的我，眼睛被一个温暖的大东西捂住，仿佛成了瞎子。但我立刻就明白，这是父亲的大手从背后伸过来，遮住了我的眼睛。

这手掌至今仍让我记忆犹新。这是无法形容的巨掌。这是从我的身后绕过来，突然捂住我的眼睛，不让我看见地狱的手。这是神之手。不知道是出于爱，还是慈悲，抑或屈辱，总之，它即刻切断了我所看到的恐怖的世界，将其埋葬于黑暗。

我在巨掌中微微点头。父亲立即从我点头的小脸中明白我的谅解和同意，便将手掌拿开。……于是，我按照这大手的指令，在手拿开以后，一直顽强地紧闭眼睛，度过不眠之夜，直至耀眼的晨光透过我的眼帘。

……大家回想一下，第二年在父亲出殡的时候，我虽然急于见到他的遗容，却没有流下一滴眼泪。父亲的去世把我从手掌的羁绊中解脱出来，我只是通过对父亲遗容专注的凝视来确定自己的生。我对那大手——世间称之为爱的手，没有忘记如此坦诚的复仇。但我对母亲，虽然有那个无法宽恕的记忆，却始终没有想过复仇。

……住持给我来信，说亡父忌日的前一天，母亲来金阁寺，可能要住宿一晚。忌日当天，希望我向学校请假来参加。我每天都要去"勤劳动员"干活，想到忌日的头一天就要回鹿苑寺，心情变得沉重起来。

鹤川心地善良单纯，对我能与阔别许久的母亲见面感到高兴，寺院里的师兄弟也都怀着好奇的心理。我憎恶贫困寒酸的母亲。我不知道如何向鹤川解释自己为什么不愿意和母亲见面，觉得苦恼。工厂的活一干完，他就着急地抓住我的胳膊："好了，我们跑步回去吧。"

当然，说我丝毫没有想见母亲的意思，那也有点言过其实。我并非不想母亲，只是不愿意现在面对着她毫无掩饰地表达对亲人的爱，也许我只不过给自己的不愿意寻找各种各样的理由。这就是我的坏性格。以各种各样的理由将自己的一种率真感情正当化的过程原本无可非议，但有时脑子编造出来的各种理由也会强加给连我自己都意想不到的某种感情。这种感情原本不属于我。

但是，我的厌恶本身也有其合理的部分。因为我本人就应该被人厌恶。

"跑什么啊，累死我啊。慢吞吞回去就得了。"

"那样的话，妈妈就会心疼你，回去给她撒撒娇啊。"

鹤川说的话总是对我充满误解，不过，我不讨厌他，他已经成为我不可或缺的人。他是我充满善意的翻译，他把我的话翻译成今世的语言，是我无可替代的朋友。

对了。有时候我觉得鹤川简直就像那个从铅中提炼黄金的炼金术师。我是照片的负片，他是照片的正片。我好几次惊讶地发现，我浑浊黑暗的感情一旦经过他的心灵的过滤，就全部变成极其透明干净、光彩夺目的感情。当我期期艾艾、嗫嚅犹豫的时候，他的手就把我的感情翻转过来传递到外面。我从惊讶中体会到，如果仅仅局限于感情，这世上最恶劣的感情与最善良的感情相差无几，其效果也是如此，杀意与慈悲也难以区分。即使我费尽口舌向他解释，鹤川大概也绝对不会相信，这是我对他的一个极其恐惧的发现。由于鹤川的存在，我变得不再惧怕伪善，但即使如此，伪善对于我也不过是相对性的罪愆。

虽然京都没有遭到空袭，可是有一次，工厂命令我出差，我拿着飞机零件订货单前往大阪总厂，路上刚好遇到空袭，我看见一个肠子露在外面的工友躺在担架上被抬了过去。

为什么露出来的肠子那么凄惨？为什么看见人的内脏我会惊悸害怕，掩目不忍直视？为什么流血让人震撼恐惧？为什么人的内脏那么丑陋？……这与晶莹光滑、凝脂白嫩的肌肤不是同样性质的东西吗？……如果我说将自己的丑陋化为乌有的想法是鹤川教给我的话，鹤川会是什么表情呢？内面与表面，如果把人视为如蔷薇花那样没有内外面区别的东西，这种想法为什么被认为是非人性的呢？如果人的精神内面与肉体内面能够像蔷薇花瓣那样温柔地翻卷、绽开，沐浴着阳光和五月的熏风的话……

——母亲已经来了，正在老师的房间里谈话。我和鹤川跪在初夏黄昏的檐廊上，报告说"我回来了"。

老师只让我一个人进屋，当着母亲的面，说"这孩子表现不错"之类的话。我低着头，几乎不看她一眼。我的眼角余光只看见她穿着洗得发白的藏青棉布劳动裤的膝盖以及放在上面的脏兮兮的手指。

老师告诉我们母子俩可以退下，我们再三弯腰致谢后走出房间。小书院南边、面对里院的五叠榻榻米的储藏室是我的房间，剩下我们两个人的时候，母亲哭了。

这是我早已预料到的，我依然保持冷淡。

"我已经是鹿苑寺的弟子了，在我出师之前，希望你不要来打扰我。"

"我知道，我知道。"

我用这种冷酷的语言对待母亲的到来，心里感到高兴。但是，母亲还是像以前那样，毫无反应，逆来顺受，这又让我不痛快。这样的话，只要一想到母亲已经超越我们之间的界限进入我的心间，我就感到恐惧。

母亲的脸晒得黢黑，一双狡黠的小眼睛深陷下去，只有红润的嘴唇像是不属于她的，而是别的生物的嘴唇，长着一排乡下人那种格外坚硬牢固的大牙。母亲这样的年龄，如果是城里女人，浓妆艳抹很正常。可是虽然母亲尽力把自己打扮得如此丑陋，我却敏感地看出她的脸上依然残留着某种沉淀的性感，这让我憎恶。

从老师房间退出来以后，母亲痛哭一场，然后拿出配给品化纤毛巾，敞开衣襟擦拭黑乎乎的胸脯。那毛巾的纤维面料闪烁着动物性的光泽，被汗水濡湿后，更加光亮。

母亲从背囊里拿出大米，说是送给老师。我没有说话。接着，母亲又把用深灰色丝绵层层包裹的父亲的牌位拿出来，放在我的书架上。

"太感谢了。明天请老师念经，你父亲也一定很高兴的。"

"忌日的事办完以后，妈妈是回成生吗？"

母亲的回答出乎我的意料。她说那座小寺院已经让给别人了，自己家的一小块地也出售了，这样总算还清了父亲医疗费的借款，而她自己孤身一人，打算投靠近郊加佐郡的伯父家。她说，这次来也是为了告诉我这件事。

我已经无家可归！我失去了荒凉海岬村落里本应接我回家的那座小寺院。

这时，我流露出一种自由解放的表情。我不知道母亲是怎么理解，她把嘴贴在我的耳边，说道："明白了吗？你已经没有自己的寺院了。以后你只能成为这座金阁寺的住持，没有别的出路。你要取得老师的信任，必须成为他的接班人。明白了吧？我这个当妈的活着，就指望你达到这个目的。"

我惶恐不安，回看着她的脸，但是我惊恐得不敢正面看她。

储藏室的光线已经昏黑。母亲贴在我的耳边说话，"慈母"的汗味在我的周边飘荡。我还记得，当时母亲笑了。小时候吃奶的遥远记忆、浅黑色乳房的印象，这样的心象在我的内心上下起伏翻腾。要点燃卑劣的野火，需要某种肉体的强制力，这让我感到无比畏惧。当母亲卷曲的鬓发触碰我的脸颊时，我看见一只蜻蜓停在黄昏薄暮的里院那青苔斑驳的洗水盆上小憩。傍晚的天空坠落在这小小的圆形水底。四周悄无声息，此时的鹿苑寺仿佛是一座无人之寺。

我终于正面直视着母亲。她咧开柔润的嘴唇，露出闪亮的金牙，笑了。

我的回答更加磕磕巴巴："可是啊，我肯定要被抓去当兵的，也说不定死在战场上。"

"瞎说！结巴要是被抓去当兵，那日本也就完蛋了。"

我整个身体都僵直起来。我憎恨母亲。但是，我结结巴巴说出来的不过是遁词。

"也许金阁会被空袭烧毁。"

"都到这个地步了，京都绝对不会遭到空袭。美国人会手下留情的。"

……我没有回答。苍茫暮色之中，里院呈现海底般的颜色。石头沉入海底，依然保持着激烈格斗的形状。

母亲根本不理会我的沉默，站起来，满不在乎地直视五叠榻榻米房间的板门，说道："药石怎么还不开始呢？"

——后来我回想起来，那次与母亲见面对我影响很大。正是那时我发现母亲与我生活在两个完全不同的世界里，也是那时母亲的想法第一次对我产生了强有力的作用。

母亲天生就是与美丽的金阁无缘的人，但是她具有我所不了解的现实感觉。她并不担心京都会遭到空袭，这尽管是我的梦想，而且也许真会如此。如果金阁以后没有遭到空袭的危险，至少目前，我将丧失生存的价值，我所居住的世界也会土崩瓦解。

还有，我没有想到母亲会有那样的野心，虽然我对她有憎恨，却又成为她的俘虏。父亲一句话都没有说，但是他把我送到金阁寺，也许是怀着和母亲同样的野心。田山道诠法师单身，没有家眷。如果他也是通过上一辈住持的指命而继承鹿苑寺住持的话，那我也完全有可能通过努力成为老师的继承人。要真的能实现的话，那金阁就是我的了！

我的思想一片混乱。第二个野心一旦成为沉重的负担，我便立刻回到金阁遭受空袭的第一个梦想，当这个幻想遭到母亲断然的现实性判断而破灭时，我又回到第二个野心。胡思乱想的结果就是，我的脖颈下方长出一个红红的大肿包。

我没理会。可是这个肿包竟然生出根来，以灼热的重力紧紧压迫我的脖颈后面，害得我无法安然入睡。还梦见我的脖颈后面有一圈金光闪闪的背光，逐渐增大，椭圆形的光圈整个笼罩在我的脑袋上。但是，梦醒之后，才知道原来不过是这个恶毒的肿包的疼痛造成的。

我终于发烧，躺在床上，住持把我送到外科医生那里。身穿国民服、打着绑腿的外科医生简简单单地瞧一眼，说是"疖疮"。他连酒精也舍不得用，手术刀在火上烤了烤，挑破了疖疮。

我痛得叫出声来，感觉那个滚烫沉重的世界在我的后脑勺破裂、萎缩、衰亡……

※

战争结束了。我在工厂听到终战诏书的时候，想到的只有金阁。

一回到寺院，不言而喻，我便迫不及待地先跑到金阁寺前面。

游人参观路线的沙石路被盛夏的骄阳晒得发烫，我穿着劣质运动鞋，鞋底沾着不少沙粒。

终战诏书颁布以后，在东京的话，人们大概会去皇宫前面，而在京都，不少人到平时没人去的京都御所①跪拜哭泣。京都有很多这样的神社佛阁，在这种时候给人们提供了哭泣的去处。那一天，不论哪个神社都有很多人，但就是金阁寺无人光顾。

灼热的沙石路上只有我孤单的身影。应该说，金阁在那头，我在这头。自从这一天我看了金阁一眼以后，我感觉我和金阁之间的关系已经不再是"我们"了。

金阁已经从战败的冲击、民族的悲哀中超越出来，或者说装出超越的样子。昨天它还不是这样。免遭空袭、从今以后不再惧怕遭受空袭，这一定让金阁重新找回了"自己过去一直就在这里，今后永远也在这里"的自信。

金阁内部的金箔原封未动，只是外部刷了一层厚厚的清漆，以防止夏日阳光的暴晒。金阁像一件毫无用处的高雅的日用品，无声无息。它如同摆放在郁郁葱葱草木繁茂的碧绿之中一件巨大的空荡荡的装饰架。适合摆放进这个装饰架里的东西只有巨大无比的香炉，或者庞大无比的虚无。金阁把这一切丧失殆尽，迅速

---

① 京都御所，位于京都市上京区，平安时代的政治行政中心，明治维新之前一直是天皇的住所，又称为京都皇宫。

地荡涤其实质性的东西，构筑起一座荡然无物的空虚的形态。更令人称奇的是，在金阁不时呈现的美景中，从来没有像今天这么美。

它已经超越我的心象，不，也已经超越现实世界，这与任何形式的易于变迁毫不相关，呈现出如此坚固之美！这种美拒绝所有的含义，放射出前所未有的如此耀眼的辉煌。

毫不夸张地说，我感觉双脚战栗，额冒冷汗。记得不久前我看过金阁后回到乡下，它的细部和整体如同音乐旋律的呼应在我心中奏鸣，相比之下，如今我所听到的是一首静止无声的音乐。没有任何的流动，没有任何的变化。金阁如同音乐可怕的休止符，如同声音的沉默，在那里存在着，屹立着。

我想：金阁与我的关系已经断绝。

我与金阁同在一个世界的梦想已经分崩离析，又重新开始了原先的，比原先更毫无指望的事态。这就是美在彼处、我在此处的事态。这就是世间存在将永无变化的事态……

对于我来说，战败只是这种绝望的体验。我至今还能看见八月十五日那火焰般的盛夏光芒。有人说一切价值都已崩毁溃散，我的内心却说：永恒已经觉醒、复苏，主张其权利。这就是金阁未来永劫存在于斯——所要证说的"永恒"。

这就是从天而降，紧贴在我们脸颊上、手上、腹部上，将我们完全掩埋的"永恒"。这个可诅咒的东西……对了，在宣布终战那一天，我从群山环绕的树林蝉声中也听到这诅咒的"永恒"。它用金色的墙土将我涂抹封闭。

那天晚上，就寝前，我特地为祈祷天皇陛下的安康、告慰阵亡者之灵，念诵了很长时间的经文。战争期间，各个教派都穿着简朴的环带袈裟，但这天晚上，老师特地穿着收藏多年的深红色五条袈裟①。

他微胖的脸，今天洗得格外干净，连皱纹的折叠处都清洗过，气色红润，心满意足的样子。天气闷热的夜晚，他走动时僧衣的摩擦声给人清爽的感觉。

诵经完毕后，所有的人都被叫到老师的房间里，开始讲课。

老师选择的公案是《无门关》②第十四则的《南泉斩猫》。

《南泉斩猫》也见于《碧岩录》③的第六十三则《南泉斩猫》和第六十四则《赵州头戴草鞋》。这是一段自古难解的著名公案。

话说唐朝时，池州南泉山有一位名僧普愿禅师，因山得名，人称南泉和尚。

一日，所有僧侣都出来割草，山寺寂静，这时忽然跑出来一

---

① 五条袈裟，用五幅布缝制的袈裟。
②《无门关》，即《禅宗无门关》，南宋无门慧开禅师撰，参学弟子宗绍编，收录禅宗公案四十八则。
③《碧岩录》，即《佛果圆悟禅师碧岩录》，南宋圆悟克勤禅师编辑，十卷。收集著名的禅宗公案，并附有圆悟禅师的唱评，是禅宗公案重要语录集。

只小猫。大家都好奇地追赶，把猫抓到了。可是，东西两堂的僧人争执起来，都说猫是自己的宠物。

南泉和尚见此，便抓住猫的脖子，手拿割草的镰刀，说道："大众道得即能救取猫儿，道不得即斩却也。"

众人无言以对。于是南泉和尚就砍死小猫，然后扔掉。

傍晚，高足赵州回到寺院。南泉和尚将事情的经过告诉他，询问赵州的意见。

赵州听罢，即刻脱下鞋子，扣在头上，走了出去。

南泉和尚感叹道："啊，今天要是你在场的话，这猫儿就得救了。"

——以上是故事的梗概，尤其是赵州把鞋子顶在头上走出去这个动作令人费解。

但是，按照老师的讲述，其实并没有那么难解。

南泉和尚斩猫，是斩断自我的迷妄，是斩断妄念妄想的根源。通过斩猫这个无情的实践，将一切矛盾、对立、自他的争执彻底斩断。如果把这个做法称为"杀人刀"的话，那么赵州的做法就是"活人剑"。他以无限宽容之心将沾满泥土、被人轻蔑的鞋子顶在头上，这是实践了菩萨之道。

老师这样讲解以后，就结束了讲义，丝毫没有涉及日本战败的事情。我们都疑惑不解，为什么在日本战败这一天，老师偏偏选择这段公案讲课呢？完全不得其解。

各自返回自己寝室的时候，我在走廊上把心中的疑问告诉鹤川，他也摇头说道："我也不明白啊。不经历僧堂生活，就是听不懂。不过，今天晚上讲课的特点就在于战败日不提战败，只是讲述斩猫的话题。"

我绝没有因为战败而感到不幸。当时，老师那张似乎心满意足的幸福的脸却让我在意。

一座寺院得以维持，通常都是通过对住持的尊敬保持寺院的秩序，但是，在过去的一年里，我虽然得到老师的关照，却没有产生深厚的敬爱之情。这其实也没什么，但自从母亲点燃我的野心之火以后，十七岁的我有时开始以批判的眼光看待老师了。

老师是大公无私的。如果我是老师，我大概也会和他一样大公无私，这是我很容易想象得到的那种公平。老师的性格里缺少禅僧独特的幽默感，然而，这种微胖的身形本身通常就具有幽默的感觉。

我听说老师极其好色。一想象老师冶游的情景，就觉得十分可笑，又替他局促不安。女人被这个桃红色年糕般的身子抱在怀里，会是什么样的心情呢？大概会觉得这粉色的柔软的肉体与世界末日联结在一起，而自己会被掩埋在这肉体的坟墓里吧？

我感到非常不可思议，禅僧也有肉欲。老师如此痴迷于青楼楚馆，我觉得是为了舍弃肉体、轻蔑肉欲吧。可是，这个被轻蔑的肉欲却尽情地吸取营养，光泽鲜艳，包裹着老师的精神，这也令我不可思议。这是被驯化的家畜般温顺、谦让的肉欲。对于和尚的精神来说，这是如同小妾般的肉欲……

我必须谈一谈战败对我来说意味着什么。

那不是解放。绝对不是解放。不过是一种不变的东西、永恒的东西、融入日常生活中的佛教式时间的复活。

从战败日的第二天开始，寺院的日课依然如故：开定、朝课、粥座、作务、斋座、药石、开浴、开枕……由于老师严禁购买黑市米，只能依靠檀家的施舍，或者副司为照顾处在发育期的我们，谎称檀家捐赠，实际上是购买的些许黑市米，薄薄的稀粥在碗底只能见到几颗米粒。我们有时出去购买地瓜。不仅是早餐的粥座，连午餐和晚餐也都是地瓜粥，我们总是处在饥饿状态。

鹤川时不时让东京的家里人寄点甜食来。夜深之后，他就来到我的枕边，与我一起分享。深夜的天空时常划过几道闪电。

我问鹤川，你家境富裕，父母亲又疼爱你，为什么不回去呢？

他回答道："可这也是修行啊。反正我是要继承父亲的寺院的。"

他似乎一点也不知道世事之艰辛，对他来说，世事就像整整齐齐地镶嵌在筷子盒里的筷子一样。我又接着说道：也许我们意想不到的新时代即将来临。我想起来，终战后第三天我去学校的时候，就听见大家议论纷纷，说是管理工厂的士官把一整卡车的物资拉回家去了。听说那士官公然声称自己要在黑市上倒腾这些东西。

我想那个胆大包天、手段残酷、眼光锐利的士官正朝着罪恶的路上奔跑。他的半长筒靴一路狂奔的尽头呈现出与战争的死亡一模一样的朝霞般的无序。他胸前翻飞着丝绸的白围巾，背负赃物，沉重得压弯了腰，夜色欲尽的寒风吹拂脸颊，他大概即将上路。他大概急速地走向毁灭。但是，在更加遥远的地方，钟楼敲响了更加轻柔、闪烁着无序光辉的钟声……

我被这一切隔绝。我没有钱，没有自由，也没有解放。然而，当我说出"新时代"的时候，十七岁的我，尽管还没有一个清晰的"我"成形，但的的确确下定一个决心：

"如果世人以生活和行动体验罪恶，那我就尽可能地深深沉入我内心的罪恶里。"

然而，我目前首先考虑的罪恶只能是如何巧妙地骗取老师的信任，有朝一日把金阁拿到手；或者毒死老师，由我取而代之，当然这仅仅停留在幻想之中。这只是一种没头没脑的幻梦。当我确认鹤川没有和我一样的野心时，这个计划甚至使我的良心得到安慰。

"你对未来没有任何不安和希望吗？"

"没有。什么也没有。反过来说，有又能怎么样？"

鹤川这样回答我。他的语调没有半点的阴暗和敷衍。这时，一道闪电照出他脸上唯一纤细的部分——舒缓的细眉。看样子是理发师傅把他眉毛的上下部分给剃掉了，而鹤川也听任所为。于是，他的细眉便带着人工修饰的纤细，一部分眉根还残留着些微青色的剃痕。

我瞥了一眼那青色的痕迹，立即觉得忐忑不安。他与我这样的人不同，他连最细微的地方都燃烧着生命纯洁的欲火。在没有燃烧之前，未来便隐藏在那里。把未来的灯芯浸泡在透明冰冷的灯油里。谁有必要预见自己的纯洁和纯真呢？如果未来只剩下纯洁和纯真的话……

……那天晚上，鹤川回自己房间以后，残暑的闷热使我无法入睡，同时抗拒手淫习惯的心情也夺走了我的睡眠。

偶尔我也会有梦遗，不过确实没有任何色欲的影子。打个比方吧，一条黑狗从漆黑的街道跑过，张开火焰般的嘴巴大口喘息，挂在脖子上的铃铛不停地响着，随着响声的增大，它越发亢奋，当铃铛的响声达到极点时，我就射精了。

手淫的时候，我沉迷在地狱般的幻想里。有为子的乳房、有为子的大腿浮现在我眼前，我变成无与伦比地渺小、丑陋的虫子。

——我从床上一跃而去，悄悄溜到小书院的后面。

鹿苑寺的后面，夕佳亭再往东，有一座叫作不动山的小山。山上生长着茂密的红松，松林间夹杂着旺盛的矮小细竹，还有溲疏、杜鹃等灌木。我对这座山很熟悉，走夜道也不会迷路，不会被石子绊倒，登上山顶，上京①、中京②，乃至远处的比叡山、大文字山尽收眼底。

我登山上去。被我惊醒的鸟儿拍动翅膀，尖声鸣叫，我并不左顾右盼，避开树墩，径直往上走。我不思考任何事情，我感觉这种纯粹的登山立即解除了我的烦恼。登上山顶的时候，夜风凉爽，吹拂着我汗水津津的身子。

一眼望去，令人怀疑自己的眼睛。京都市解除了长期的灯火管制，一望无际的灯光耀眼闪烁。战后，我还没有在夜间来过这里，这夜景对我简直就是奇迹。

灯光呈现一个立体。洒遍平面各处的灯光失去了远近感，如同灯火构成的一座巨大的透明建筑物，形成种种复杂的角度，延伸两翼，巍然屹立在夜色之中。这才是真正的京都。只有御所的树林那个地方没有灯光，如一个巨大的黑洞。

---

① 上京，京都市行政区之一，位于京都市市中心的北部。
② 中京，位于京都市的市中心。

远处，比叡山的一角时而有闪电飞光，划破黑暗的夜空。

我想，这就是俗世。战争结束以后，在这样的灯光底下，人们开始琢磨各种邪恶的主意。许多男男女女在灯光下互相凝视，嗅着已经逼到眼前的如同死亡行为的气味。我想到这无数的灯光都是邪恶之火，于是心灵得到宽慰。我期望我心中的邪恶大量繁殖、无限繁殖，耀眼闪光，一直保持着与眼前无数的每一道灯光相互辉映！我的心包裹着邪恶，心的黑暗与包裹着无数灯光的夜的黑暗如出一辙。

※

参观金阁的游客日渐增多。老师向市政府提出申请，为应对通货膨胀，要求提高门票价格，得到了批准。

过去来参观的多是穿军服、工作服、劳动裙裤的客人，人数稀少，规规矩矩。如今占领军进驻，俗世的淫乱风俗麇集弥漫在金阁周边。同时，献茶的传统也得以恢复，妇女们穿着偷偷收藏多年的华丽盛装登上金阁寺。我们这些人身穿僧衣的形态，与她们形成了鲜明的对照，在她们眼里，我们就像是突发奇想故意扮演和尚模样的人。我们就像是一味固守奇特风俗习惯的本地人，为了招徕观光客，故意表现本地的奇风异俗吸引他们。……尤其是美国兵，肆无忌惮地笑嘻嘻地拉扯我们的僧衣，还有的拿出一点钱，说要借我们的僧衣，他们要穿着照相。因为导游不会讲英语，所以我和鹤川有时候临时被借去当导游，尽管我们的英语也很蹩脚。

这是战后的第一个冬天。一个星期五的晚上，开始下雪，星期六也下了一天。我在学校，中午回家，观金阁雪景，甚为愉快。

午后还在下雪，我穿着橡胶长筒靴，背着书包，沿着参观道走到镜湖池畔。雪花纷纷扬扬。我学着小时候的样子，对着天空张大嘴巴，雪花飘落嘴里，碰在我的牙齿上，发出如同击打极薄的锡箔那样的声音，满满地散落在我温热的口腔里，融化在我粉红腔肉的表面。这时，我想象着究竟顶上的凤凰的嘴巴，想象着那只金色怪鸟温热柔滑的口腔。

雪让我们产生少年般的心情，何况即使过了年，我也才十八岁。如果我说体内感觉到少年般的冲动，这难道是谎言吗？

银装素裹的金阁，美不胜收，举世无双。这座四周明柱的建筑，任凭风雪席卷吹刮，挺立的一根根细柱呈现出清爽的本色。

我寻思：雪怎么就不结巴呢？如果降落的时候，被八角金盘的叶子什么的阻挡一下，也会结结巴巴地落到地面上的啊。但是，雪从无遮无碍的天空洋洋洒洒地飘落下来，沐浴在白雪中，我忘

记了心灵的扭曲，犹如沉浸在乐曲中一样，我的精神恢复了顺畅的韵律节奏。

其实，正是这场大雪，使得立体的金阁变成稳重平和的平面的金阁、画中的金阁。两岸红叶山上的枯枝几乎无法承受积雪，比平时更觉光秃，而远近各处松树上的积雪就颇为壮丽。结冰的池水上也覆盖着积雪，但奇怪的是，有的地方没有积雪，这些大白斑如同装饰画上大胆描绘的云朵。九山八海石①和淡路岛都与池水冰面上的积雪相连，而茂盛的小松仿佛偶然从冰天雪地中冒出来的葱绿。

无人居住的金阁，除了究竟顶、潮音洞这两个屋顶，加上钓殿漱清的小屋顶，这三个屋顶是一色耀眼的洁白，其他幽暗木材复杂的桁构在雪中反而浮现出清晰的黝黑。正如我们欣赏南画②描绘的山中楼阁的时候，都想贴近画面窥视一下楼阁里是否有人一样，这古色古香的黑木的明艳也让我产生了想窥视何人住在金阁里的心情。然而，正如我把脸贴上去也只会触碰南画冰冷的绢绸一样，我无法更加接近金阁。

究竟顶的门扉今天也向降雪的天空敞开。我望上去，我的心

---

① 九山八海石，足利义满在修建金阁寺的时候，按照古印度以须弥山为中心，围绕以八座山、八片海构成世界的佛教宇宙观，在庭院里配置了一块大石头，寓意须弥山，称之为"九山八海石"。
② 南画，江户中期开始兴起的画派。主要受中国南宗画的影响，由对汉诗文具有素养的画家创作。也称为文人画。

清清楚楚地看到这个过程：纷飞的雪片在究竟顶空荡荡的小空间里翻飞旋转，然后落在墙面古旧生锈的金箔上，气息断绝，结成一粒金色的小露珠。

……第二天，星期日早晨，老导游来叫我。

原来是外国兵在开馆之前就来参观，老导游用手势比画着让他们在门口等候，然后把"会英语的"我叫去了。有意思的是，我的英语比鹤川流利，我说英语时不会结巴。

正门口停着一辆吉普车。一个醉醺醺的美国兵手扶在门柱上，以轻蔑的眼光看着我笑了笑。

雪后天晴，阳光洒在前院，明亮晃眼。这个青年背对耀眼的阳光，油光满面，肌肉健硕，随着白色的气息，一股威士忌的酒气扑面而来。我想到我要与这种性质迥异的人打交道，心里忐忑不安。

我决意不做任何阻挡，尽管还没有开馆，但我表示可以给他当导游，同时收取入场费和导游费。这个身材高大的醉汉竟然二话不说就交了钱，然后看着吉普车里，说了一句"出来吧"。

由于雪光的反射晃眼，我一直没有看清吉普车黑乎乎的车内。通过车篷的采光窗，我看见里面有什么东西在动，像是兔子的跳动。

接着，一只穿着细长高跟鞋的脚伸出来，踩在踏板上，这么大冷天，竟然不穿袜子，这让我大吃一惊。这个女人，一看就知道是专门为外国兵服务的娼妓，她身穿火焰般猩红的外套，脚指甲、手指甲也同样抹得火红；外套下摆敞开时，露出脏兮兮的毛巾睡衣。女人也喝得酩酊大醉，目光呆滞。外国兵倒是一身整齐的军服，而女人像是刚刚起床，睡衣外面披上外套，围上围脖就出来了。

雪光反射下，女人显得脸色苍白，毫无血色的肌肤上，血红的口红冷漠地凸显出来。她下车的时候，打了个喷嚏，纤细的鼻梁挤出的小皱纹堆在一起，疲惫的醉眼瞥了一下远处，又陷入浑浊的深处。她叫男人的名字"杰克"——但是发音错成"嘉——克"。

"嘉克，很冷！我冷！"

女人哀切的声音在雪地上流淌。男人没有回答。

我第一次觉得这样的卖春女很美。不是因为她像有为子。她仿佛是经过精雕细刻的肖像，一个细部一个细部地琢磨着，描绘出与有为子不一样的面部，尽量不像有为子。不知为何，这肖像反抗着我对有为子的记忆，含带着反抗性的新鲜的美感。这是因为我人生第一次在感受到美后，产生了一种感官上的反抗，而这个肖像则是对这种反抗的谄媚。

她只有一点与有为子是共通的，那就是这女人对我这个不穿僧衣，而穿着脏兮兮的工作服和胶皮长筒靴的人根本不屑一顾。

这天早晨，全寺院大动员，所有的人都出来，在参观路线上的雪中清扫出一条路来。要是团体参观，恐怕不行，但要是平日那样的人数的话，游客排成一列还是可以通行的。于是，我带着美国兵和那个女人进入寺院内。

美国兵来到池畔，这里视野开阔，他张开一双大手，也不知道叫喊些什么，兴奋地大声欢呼，并且粗野地摇晃女人的身子。女人皱着眉头，又说道："嘉——克，我冷！"

美国兵看到被积雪压弯枝头的叶子后面的常青树上结着红红的果实，就问我那是什么树。我只能回答他"常青树"。虽然他有着彪形大汉的身躯，但我从他清澈的碧眼中感觉到残酷，看不出来也许他还是抒情诗人呢。外国有一首童谣《鹅妈妈》，把黑眼睛说成坏心眼、残酷。大概借外国的事物幻想人的残酷性是一种惯常的做法吧。

我按照常规路线带他们游览。醉得一塌糊涂的美国兵走路摇摇晃晃，把鞋子脱下来，随手扔出去。我用冻僵的手从口袋里掏出英文说明书，上面记述着这种情况下该如何处理。可美国兵一把把它抢过去，怪声怪调地念起来，我的导游也就不必要了。

我倚在法水院的栏杆上，眺望着光波耀眼的池面。金阁还从来没有被照耀得如此亮堂炫目，令人感觉不安。

我刚才没注意到，这一对正在向钓殿漱清走去的男女争吵起来了，而且越来越激烈，可是我一句也听不清。女人好像很强硬

地进行了回击，也不知道她说的是英语还是日语。他们激烈争吵，大概忘记了我的存在，一边吵着一边回到了法水院。

美国兵伸出脑袋骂起来，女人狠狠地扇了他一个大耳光。然后女人转身就逃，穿着高跟鞋沿着参观路向入口处跑去。

我弄不清怎么回事，从金阁上下来，往池畔追去。可是，当我追上女人的时候，长腿的美国兵已经追上她了，一把揪住了女人鲜红的外套前襟。

他瞧了我一眼，揪住女人红色外套前襟的手轻轻放开。但那只手带着的力气似乎非同寻常。女人摔倒了，四脚朝天地躺在雪上，从敞开的火红色外套下摆露出雪白的大腿。

女人不想爬起来，从下面瞪眼看着顶天立地般高个男人的眼睛。我无奈地跪下来，想把她扶起来。

"嘿！"美国兵叫道，我回头看着他。他大大地岔开双腿绷直站在我面前，用手指对我示意。他的声音突然变得温和起来，用英语说道："你踩！你踩踩看啊！"

我不明白他的意思，但是他的蓝眼睛居高临下地命令着我，在他宽阔的肩膀后面，粉妆玉砌的金阁银光闪耀，湛蓝得像水洗过般的冬天的天空洁净湿润。他的碧眼没有任何残酷的流露。这个瞬间，我为什么竟然感觉到世间也是抒情的呢？

他伸出粗犷的大手，一把抓住我的衣襟，把我拉起来。但是，他命令我的声调还是那么温和，那么亲切。

"踩！使劲踩！"

我无法抗拒，便抬起穿着橡胶长筒靴的脚。美国兵拍了拍我的肩膀。我的脚落下去，踩在春泥般柔软的东西上。那是女人的腹部。女人闭上眼睛，发出呻吟。

"再踩。继续踩！"

我又踩下去。第一脚踩下去时那种不自在的感觉，到第二脚时变成了激越的欣喜。我想，这就是女人的腹部。我想，这就是女人的胸脯。我没有想到，别人的肉体竟然像皮球一样富有弹性地反馈在我的脚上。

"好了。"

美国兵明确地命令我。然后他非常礼貌地把女人抱起来，掸掉她身上的泥土和雪片，也不看我一眼，扶着女人的身子往前走去。女人始终没有看过我。

来到吉普车旁，美国兵让女人先上车，此时大概酒醉已经醒过来了，表情严肃，对我说了声"谢谢"，要给我钱，被我拒绝后，他从座位上拿出两条美国烟，塞在我手里。

我站在正门前面，在雪光的反射中，感觉脸颊发烧。吉普车扬起了一股雪烟，小心翼翼地摇晃着离去。吉普车看不见了。我的肉体亢奋了。

……当亢奋终于平息下来的时候，我的心中一个伪善的、喜悦的图谋又抬头了，喜欢香烟的老师会多么兴高采烈地接受这个礼物啊。他一无所知。

这一切都没有必要告诉他。只不过是我在别人命令下被迫所为而已。如果我违抗命令，我不知道会吃什么样的苦头。

我前往大书院的老师房间。副司擅长讨好老师，他正在给老师理发。我便在洒满阳光的檐廊上等候。

庭院的陆舟松衬托着树上的积雪，更显得它皎洁耀眼，简直就像一桅折叠的崭新的风帆。

理发的时候，老师闭着眼睛，双手捧着一张纸接着掉落下来的毛发。老师的头部逐渐清晰地呈现出动物性的活生生的轮廓。理完以后，副司用一条热毛巾包裹老师的脑袋，过一会儿把毛巾取下来，于是出现了一个仿佛刚刚出锅的、水煮得热腾腾的东西。

我终于可以向老师表明来意了，磕个头，送上两条切斯特菲尔德香烟。

"嗯，你辛苦了。"

他脸上掠过一丝不易觉察的微笑，如此而已，然后把两条烟漫不经心地随手放在堆放着各种书、信件的桌子上。

副司开始按摩肩膀，老师又闭上眼睛。

我只好退下来。不满的情绪让我浑身燥热。自己干的这种让人无法理解的恶行、获得犒劳的香烟、老师毫不知情地接受下来……这一连串的关系应该更富戏剧性，应该更加强烈。所谓老师者，竟然毫无察觉，这成为我轻蔑老师的一个重要原因。

当我打算退下的时候，老师把我叫住。原来他正想着给予我一点恩惠。

"我想呢……"老师说道，"等你毕业以后，送你去大谷大学① 上学。你过世的父亲也一定挂念你的未来。你好好学习，取得优异成绩上大学，怎么样？"

——这个消息立即被副司传遍全寺院，被老师亲自推荐上大学，这便是受到器重的证据。据说，过去弟子想上大学，就要去住持的房间给他按摩肩膀，有的需要按摩一百个晚上，才能如愿以偿。这样的事情数不胜数。鹤川通过自己家里出的费用也会去上大谷大学，他拍着我的肩膀，为我高兴。而另一个弟子，因为没有得到老师的推荐，此后就不再和我来往。

---

① 大谷大学，真宗大谷派创办的单科大学。

第四章

昭和二十二年春，我进入大谷大学的预科。不过，我并不是在老师一如既往的关爱和师兄弟们羡慕的眼光下意气风发地入学的。或许表面上看是如此，但现在只要一想起来，心里就觉得特别可气。

那个雪天的早晨，老师主动提出要送我上大学。一周以后，我从学校回来的时候，那个没有得到老师推荐的弟子用满心高兴的表情看着我。可是他之前一直不和我说话。

无论是在寺院打杂的用人，还是副司，他们对我的态度总觉得有点异样，但表面上还装作若无其事的样子。

这天晚上，我到鹤川的寝室里，对他说大家对我的态度不太正常，问他怎么回事。鹤川起初装糊涂，一副不明就里的样子，但是他这个人不会掩饰自己的感情，最后他显出内疚的表情盯着我。

"我是听那小子……"他说出那个人的名字，"听他说的，不过，他也上学去了，应该不知道的。……总之，你不在的时候，发生了一件怪事。"

我心头扑通扑通直跳,追问鹤川究竟怎么回事。他首先让我发誓保密,然后一边观察我的脸色,一边把情况告诉我。

原来那一天的午后,一个身穿红色外套、专门向外国人卖淫的娼妓来到寺院,要求面见住持。副司到正门外接待她。那女人破口大骂副司,坚决要求面见住持。正巧这时候老师从走廊经过,见到这种情形,也就走到正门外面。据那女人说,一周之前,就是雪后放晴的那天早晨,她和一个外国兵一起来金阁参观的时候,她被外国兵推倒,但寺里的一个小和尚为了巴结讨好外国兵,用脚踩她的腹部。结果当天晚上,她就流产了。今天她到寺院里来,就是要求给予赔偿。要是不答应的话,她就把鹿苑寺的不端行为公之于世,把丑事张扬出去。

老师没有说话,把钱给了那个女人,打发她走了。老师知道那一天的导游是我,但没有目击者证明是我干的坏事,所以他说这事绝对不要告诉我,对我没有任何追究。

但是,寺院里的人从副司那里听到了这件事,无一不怀疑是我干的。鹤川也是泪水盈眶,握住我的手,清澈的目光盯着我,少年般满怀真诚的声音拷问我:"真的是你干的吗?"

……我直面自己黑暗的心理。鹤川如此推心置腹的诘问逼得我不得不面对黑暗的自我。

鹤川为什么要这样追问呢？是出于友情吗？他难道不知道这样质问我，就意味着他自己抛弃了真正的职守吗？他难道不知道他的质问就意味着在我的心灵深处背叛我了吗？

我应该经常说，鹤川是我的正片。……如果鹤川忠于他的职守，就不应该质问我，什么都不要打听，不闻不问，将我黑暗的心态理解为光明的感情。那样的话，谎言应该变为真实，真实应该变为谎言。如果能看到鹤川用他天生的理解方式，即把所有的阴影理解为光明，把所有的黑夜理解为白昼，把所有的月光理解为阳光，把所有的暗夜潮湿的苔藓理解为白昼灿烂的嫩叶，那么或许我也会结结巴巴地忏悔一切。然而，正是在这个关键时候，他没有使用这样的理解方式。于是，我黑暗的感情获得了力量……

我似笑非笑地微笑了一下。深夜，没有一点热气的寺院。冷飕飕的膝盖。在矗立着几根古老粗壮的柱子的包围中，我们低声细语。

我浑身哆嗦，大概是因为寒冷吧。但是，我第一次对朋友撒谎，这种快乐也足以让我穿着睡衣的膝盖颤抖。

"我什么都没干。"

"是吗？这么说，那个女人说的都是谎话，混蛋！连副司都被她瞒过了。"

他的正义感逐渐高涨起来，最后以一副打抱不平的态度，说明天要向老师把事情说清楚。这时，我心中突然浮现出老师那颗如刚刚水煮过的蔬菜般的光头，还有息事宁人时那一对粉红的脸颊。不知道为什么，我忽然对我的心象产生极度的厌恶。趁着鹤川还没有完全表露出正义感，我觉得有必要亲手把他的想法埋进土里。

"这么说，老师相信是我干的吗？"

"这个嘛……"鹤川不知如何回答。

"不管别人在背后怎么七嘴八舌，只有老师默不作声，潜心观察，所以尽管放心吧。我是这么想的。"

我对鹤川说，他向老师解释这件事，其结果只会加深别人的猜疑。他同意我的看法。我说，只要老师知道我是无辜的，其他一切都不必理会。我说着说着，感觉我的心中开始出现喜悦的征兆，喜悦逐渐扎下牢固的根须。这是"没有目击者、没有证人"的喜悦……

当然，我不相信老师认为我是无辜的。不如说恰恰相反。老师的不闻不问反而证实了我的这种推测。

当老师从我的手里接过两条切斯特菲尔德香烟的时候，说不定早已洞察一切。之所以不闻不问，也许是为了等待我主动的忏悔，他耐心地等待着。不仅如此，他给予我上大学的诱饵，作为我主动忏悔的交换条件。如果我不忏悔，就要对这种不诚实的行为加以惩罚，取消上大学的决定；如果忏悔，经过是否有悛改情节的考察，或许还有可能出于初犯不究的考虑，保留我上大学的决定。这是一张大网，老师不许副司告诉我。如果我真的无辜，就可以一如既往地平安度日，一无所感，一无所知。但如果我犯下恶行，加上我又有点小聪明，也完全可以模仿无辜者那样过着纯洁的沉默的日子，即绝对不需要忏悔的日子。不，只要模仿就足够了。那是最好的方法。那是能证明我心地清白的唯一之路。老师已经在暗示我。他让我落入这张大网。……想到这里，我不由得怒上心头。

我也不是没有辩解的余地。如果我不踩那个女人，外国兵就很可能掏出手枪，威胁我的生命。我不能抗拒占领军。这一切都是我被迫所为。

但是，我通过橡胶长筒靴感觉到女人的腹部，那媚人的弹性，那呻吟，那像被压碎的肉体绽开的花的感觉，那种感觉所产生的诱惑，那发自女人体内穿过我体内的一种隐微的闪电般的东西……不能说这些东西都是我被迫接受的。我至今都无法忘怀那一瞬间所享受到的甘美的滋味。

老师知道我的感觉的核心，那甘美的核心。

此后一年间，我如同笼中小鸟。我的眼前总是不断地出现笼子。我决心绝不忏悔，但是每天也无法过得心安理得。

奇怪得很，当时我对自己的行为丝毫没有感觉到罪恶，这种行为在自己的记忆里逐渐放射出光芒。这不仅仅是因为我知道这种行为导致女人流产。这种行为如金砂沉淀在我的记忆里，任何时候都反射出炫目的光辉。这是恶的光芒。是的，哪怕是小恶，但毕竟犯了恶行。我不知不觉间已经具备这种明确的意识，如勋章挂在我的胸间。

……作为实际问题，参加大谷大学考试之前的这一段时间，我除了想方设法揣摩老师的意图外，别无他法。老师从来没有收回他让我上大学的口头约定，但也从来没有敦促我积极备考。我多么盼望老师说一句话啊，不管是哪一句。老师保持着沉默，好像故意刁难我，对我进行长时间的拷问。我也不知是出于害怕还是反抗，难以再次向老师询问送我上大学的态度。过去我也和大家一样尊敬老师，一样投以批判的眼光，如今老师的形象逐渐变成一个怪异的庞然大物，看不出他的存在本身具有人性。我多少次想视而不见，但是他确确实实存在着，像一座怪诞的城堡盘踞在那里。

正是晚秋时节，老师应约去参加一个老檀家的葬礼，坐火车大约需要两个小时的路程，早晨五点半就得出发。老师前一天晚上就把这件事通知大家，让副司随行。我们要四点起床，打扫卫生，备好早餐，在老师出发之前准备停当。

在早晨副司伺候老师的时间里，我们都是一起床就开始读经。

从寒冷黑暗的厨房传来吊桶嘎吱嘎吱汲水的声音，大家匆匆忙忙地洗完脸。后院的鸡鸣声清脆地划破晚秋拂晓前的黑暗，给天空迎来一缕泛白的曙光。我们合拢僧衣的袖口，急急忙忙地走到客殿的佛坛前。

客殿不睡人，宽敞的榻榻米大房间在拂晓的寒气中冷得砭人肌骨。烛火摇曳。我们三拜之后，站立叩首，钲声响起，随即跪坐，再度叩首。凡此三度。

早课诵经，我总是从这男声的合唱中感受到生命的鲜活。一天之中，只有早课诵经的声音雄壮有力。它的强劲，足以将一夜的妄念吹得烟消云散，仿佛从声带里迸发出黑色的水花。我不知道自己怎么样。但即便不知道，一想到自己的声音也同样将男人的污秽播撒出来，竟不可思议地获得了勇气。

粥座还没用完，老师出发的时间已到。按照寺院的礼仪，众僧都必须在正门前列队为老师送行。

尚未破晓，繁星闪烁。我们沿着石板路走到山门，石板在星光映照下泛着微白，向前延伸。地面到处都铺着麻栎树、梅树、松树的巨大阴影，树影相互重叠，融在一起。我身上的毛衣肘臂处已破，清晨的寒气从破处浸透进来。

一切都在不言不语中进行，我们默默地低头给老师送行。老师几乎没有任何回应。老师和副司的木屐走在石板路上，咔嗒咔嗒地逐渐远去。我们一直目送着，直到看不见他们的背影，这是禅家的礼仪。

所谓看不见他们的背影，其实并非整个身影，而只是看不见僧衣白色的下摆和白色的布袜。有时候感觉已经看不见了，其实是被树影遮挡，待走出树影时，又露出白色的下摆和白色的布袜，而脚步声的回音反而显得更加清晰。

我们凝然伫立，虔诚目送，直至他们出了正门，完全看不见身影。这种送行的时间相当长。

那时，我心中产生了一种异常的冲动，但如同重要的话语想说出口却被口吃阻隔一样，这种冲动只在我的喉头燃烧。我想获得解放。过去母亲曾暗示我继承住持的职务，这种愿望其实很愚蠢，现在我连上大学的愿望都没有。我想从无言地控制我、压迫我的东西中逃脱出来。

当时，不能说我缺少勇气。我知道自白者的勇气！我二十年缄默不言的人生懂得自白的价值。难道说我是夸大其辞吗？我与老师的"无言"对抗，坚决不去坦白，我所尝试做的就是"行恶是可能的吗"这件事。如果我坚持到最后，就是不去忏悔，那就可以证明，行恶——虽然只是微不足道的小恶——是可能的。

而且，当老师的白色下摆和白色布袜在树影中若隐若现，随着我在拂晓的昏暗中目送他离去，我的喉头燃烧的力量变成几乎无法控制的强力。我想毫无隐瞒地坦陈一切。我想追赶上去，揿住老师的衣袖，大声地把那天雪地上发生的事情一五一十地讲述出来。我之所以这么想，绝非出于对老师的尊敬。老师的力量对于我来说，类似一种物理性的强力。

……但是，如果我坦白出来，那么我人生的第一个小恶也就坍塌崩溃，这样的顾虑阻止了我的冲动，仿佛有一股什么力量紧紧拉住了我的后背。这时，老师的身影已经走出正门，消失在曙光微亮之中。

大家一下子解放了，跑进正门里。我还在发呆，鹤川拍了拍我的肩膀。我的肩膀顿时苏醒了，枯瘦寒碜的肩膀恢复了矜持。

※

……前面说过，虽然有过这么一段曲折，我最终还是进了大谷大学，不需要忏悔。过了几天，老师把我和鹤川叫去，简短地嘱咐我们该准备考试了。还说为了复习功课备考，免去我们的作务。

就这样，我上了大学。当然事情并未因此而终结，老师还是这种态度，什么事都没说，有关继承人的安排，让人根本抓不到头绪。

大谷大学是我人生中第一次接触到思想——我自己随心选择的思想——的地方，是我人生的一个转折点。

这所大学有近三百年的历史，创建于宽文五年，筑紫观世音寺①大学迁移到京都的枳壳邸②，后来就一直作为大谷派本愿寺③弟子的修行场所。但后来本愿寺第十五世常如④宗主使用浪华⑤的弟子高木宗贤⑥喜舍的净财，卜选洛北乌丸头之校址，新建校舍。面积有一万两千七百坪⑦，作为大学不算宽阔。可是，不仅大谷派，其他各宗各派的青年都来此研习佛教哲学的基础知识。

古色古香的砖门把电车道与大学的运动场隔离开来，西边的天空下，是层峦叠嶂的比叡山。一进大门，便是一条沙石路，通到主楼前面停车的门廊。主楼是一幢两层楼的红砖建筑，风格古旧阴沉。正门屋顶上耸立着一座青铜的楼塔。说是钟楼，并没有吊钟；说是时计钟塔，也没有机械钟。这座楼塔置于纤细的避雷

---

① 筑紫观世音寺，位于福冈县筑紫郡大宰府遗址东面。属天台宗。天智天皇时期创建。
② 枳壳邸，位于京都市下京区，东本愿寺的别馆。其庭园优美，称涉成园。
③ 大谷派本愿寺，即东本愿寺，与本派本愿寺（即西本愿寺）对立。位于京都市下京区。
④ 常如（1641—1694），江户时代前期的僧侣。曾任真宗大谷派东本愿寺宗主。
⑤ 浪华，即大坂。高木宗贤是大坂人。
⑥ 高木宗贤，即大坂商人平野屋五兵卫，经营钱庄（兑换商），他是真宗的虔诚信徒，师从东本愿寺（大谷派）第一代惠空讲师（讲解佛经的僧侣）。
⑦ 坪，面积单位，一坪约为三点三平方米。

针下面，用它空洞洞的方形窗裁剪着蔚蓝色的天空。

正门边上，有一株树龄很老的菩提树，枝叶葳蕤，庄严矜重，在日光照耀下，闪烁着铜锈色的光泽。校舍以主楼为中心，不断地向外扩建，连成一片，毫无整体秩序，但多为陈旧的木质平房。这座学校进教室必须脱鞋，所以各栋房屋之间以破旧的竹帘、板条连接起来作为走廊。走廊破损的地方，也没有全部修补。这样，走在连接各栋之间的走廊上，脚下踩的竹帘、板条，既有最新的木色，也有最旧的木色，构成多彩多姿、浓淡深浅不一的图案。

与任何学校的新生一样，我也是每天都怀着新鲜的心情上学，思绪飞扬，漫无边际。我认识的人只有鹤川一个，每天只能和他说话。可是既然进入一个新的世界，这样子就没有意义了。鹤川似乎也有同样的想法，所以没过几天，休息的时候，我们故意分开，打算各自结交新的朋友。然而，因为我口吃，没有认识新朋友的勇气，随着鹤川新朋友的增多，我越发感到孤独。

大学预科一年级的课程有修身、国语、汉文、华语、英语、历史、佛典、逻辑、数学、体操这十门。我从一开始就讨厌逻辑。有一天，上完逻辑课午休的时候，我向一个心里希望和他交朋友的同学提出了两三个问题。

这个同学总是一个人独自在后院花坛旁边吃盒饭，这种习惯似乎是一种仪式，而且他的吃相难看，大家都讨厌他，谁也不愿意和他接近。看样子他与其他同学也不来往，也拒绝交朋友。

我知道他名叫柏木。他生理的显著特征就是相当严重的 O 型腿。走路艰难，像是在泥泞中跋涉，一只脚好不容易拔出来，另一只脚却已经陷进去，每挪动一步，浑身颤动，走路就像夸张的舞蹈动作，完全失去了常态。

从入学开始，我就开始关注柏木，这当然是有原因的，因为他的残疾使我放心。他的 O 型腿从一开始就意味着与我的条件相吻合。

柏木坐在后院长着三叶草的地上，打开盒饭。窗玻璃几乎全部破碎的空手道俱乐部、乒乓球俱乐部练习室的破房子面对着后院，院子里有五六棵瘦小的松树，有一个小小的空画框。画框上的绿漆已经剥落、鼓起，如干枯蜷缩的人造花。旁边有一个两三层的盆景架，还有一大堆瓦砾，还有种着风信子和樱草的花圃。

坐在三叶草的草地上对他是很合适的。阳光被轻柔的绿叶吸收，遍洒细碎的影子，仿佛是在地面上轻轻飘荡。他坐着的时候与走路完全不同，就是一个与别人一模一样的大学生。不仅如此，他苍白的脸上有一种严峻之美。残疾者与美女一样，都具有无敌之美。因为残疾者和美女都是已经疲于被审视，厌恶被人观看的自我存在，逼到最后，就以自我存在本身回视观看者。观者为胜。

柏木低头吃饭，但是我能感觉到他的眼睛看尽了自己周围的世界。

他沐浴着阳光，心头满足。这个印象让我怦然心动。从他的身姿可以知道，在春光与花丛中，他没有我的那种羞愧和内疚。与其说他信奉阴暗，不如说他就是存在于这个世界上的阴暗本身。阳光肯定不能从他坚硬的皮肤渗透进去。

盒饭难吃，但是他吃得很认真。他的盒饭的确量少质次，但并不比早上我在厨房亲自装的盒饭差。昭和二十二年，那还是不靠黑市的食物就无法摄取营养的时代。

我拿着笔记本和盒饭站在他的身边。我的身影落在柏木的盒饭上，他抬起头，瞥我一眼，又继续低头吃饭，像蚕吃桑叶般单调地咀嚼着。

"对不起，刚才听课有些地方不明白，想向你请教。"

我磕磕巴巴，用标准话对他说。我想，进了大学，应该说标准话吧。

他突然说道："你说什么啊？没听懂。结结巴巴的……"

我一下子满脸通红。他舔着筷子头，又一口气说道："你为什么找我说话？我心里明白。你是叫沟口吧。两个残疾人交朋友，当然也可以。可是，跟我比，你未免把自己的口吃看得太严重了吧？你把自己看得太重了。所以，也就太看重自己的口吃了。"

后来我知道他也是临济宗禅僧的儿子，就明白他第一次对我那样说话无非想摆出禅僧的架势，不过，我不否认那时他给我留下了强烈的印象。

"结巴！结巴！"柏木见我憋不出第二句话来，觉得很有意思，继续说道，"你这下放心了吧？终于撞上一个可以和你这个结巴交朋友的人了。人都是这样寻找伙伴的。不说这些了，我问你，你还是个处男吗？"

我笑都不笑，默默点了点头。柏木问话的方式像是医生问诊，这让我觉得我不能撒谎，这对自己有好处。

"是吗？你还是个处男啊。可你这个处男一点也不美丽。女人不喜欢你，你也缺少买春的勇气，如此而已。如果你找我是为了处男之间交朋友，那你找错对象了。听我给你讲讲我是怎么告别处男的吗？"

柏木不等我回答，就讲开了。

…………

我是三宫市近郊的禅寺的儿子，天生的 O 型腿。……你看，我就是这样开始讲述我自己，大概你会以为我是一个可悲的病人吧，不管对方是谁，都喜欢向他暴露自己的身世。不是，我不是对谁都这样的。我自己也觉得难以启齿，但我从一开始就选择你作为我倾诉的对象。因为我觉得，我的所作所为可能对你最有价值，如果你也像我那样做，我认为这是你要走的最好的人生道路。

你也应该知道吧，宗教家就是这样嗅出信徒，禁酒家就是这样嗅出同好的。

对，我对自己存在的条件感到羞耻。我认为自己与这个条件和解，和谐地生活是一种失败。如果想怨恨的话，要怨恨的事就太多了。我还在幼年的时候，父母亲就应该为我进行矫正手术的，如今为时已晚。但是，我对父母亲从不关心，也就懒得去怨恨他们。

我相信绝对不会有女人爱我。大概你也知道，这种坚信比别人的想象更安乐平和。不和自我存在的条件进行和解的决心与这个坚信未必没有矛盾。因为如果我相信照现在这种状态能够得到女人的爱情，这就足以说明我与自我存在的条件得到了和解。我知道自己正确判断现实的勇气与同这种判断进行斗争的勇气极其容易相互亲近。尽管我不动窝，但我觉得自己在战斗。

这种状态的我，自然完全无须提醒自己，别像我的朋友那样被卖春女夺走童贞。因为烟花女子并非喜欢客人而接客，所以无论是老人、乞丐、独眼龙还是美男子，乃至她们并不知情的麻风病人，都会成为她们的客人。男人一般都会基于这种平等性，放心地进行第一次寻花问柳。然而，我讨厌这种平等性。我和四肢健全的男人一样，以同等的资格被她们接受，这让我无法容忍，这对我是极其可怕的自我冒渎。如果我的 O 型腿这个条件被人忽略，被人无视，那我也就失去了我的存在。就像你一样，被现在所怀有的恐惧感所捕获。为了全面认可我的条件，我应该需要比别人多数倍的精彩安排。我想必须这样度过自己的人生。

将我们和世界置于对立状态的这种可怕的不满，应该可以通过世界或我们的某一方的改变予以消除，但是我憎恶这种幻想变化的梦想，我讨厌这种有悖常理的梦想。然而，世界变化我则不存在，我变化世界则不存在——对这种逻辑性的固执笃信反而与某种和解、某种融和相似。因为真实的我不被人爱这个想法可以与世界共存，而且残疾人最后陷入的圈套不是对立状态的消除，而是对立状态被全面认可。残疾人就是这样不可治愈的……

这时，我正处在青春期（我非常坦率地使用这个字眼）的人生中，发生了一件难以置信的事情。一个檀家的女儿，貌美如花，远近闻名，家境殷实，本人又是神户女中毕业，忽然对我表白爱情。我一时怀疑自己的耳朵，简直不敢相信。

我的不幸，使我擅长观察人的心理，简单地说，她并非出于同情的动机而产生了扭曲的爱。因为如果仅仅出于同情，她不可能爱我，这是明摆的事情。据我的推测，她爱我是出于非同寻常的自尊心。她深知美对于女人的价值，所以她不接受那些很有自信的求爱者。她无法将自尊心与求爱者的自负放在天平上衡量。越是所谓的"良缘"，只能越让她厌恶。最终她清高地拒绝爱情上所有的均衡（这一点她是诚实的），而看上了我。

我的回答还是老一套。也许你会笑话，但是我对女人说"我不爱你"。除此以外，我还能怎么回答呢？我的回答是真诚的，并不是故弄玄虚。对于女人的表白，如果我觉得奇货可居，也随口回答"我也爱你"，对我来说，未免太滑稽了，简直就是一场悲剧。具有滑稽外表的男人要懂得使用明智的方式，以免被别人误视为悲剧性的人物。因为如果被人视为悲剧性人物，别人就不能放心地和自己交往。不显示自己惨不忍睹的形象，最重要的原因是替别人的灵魂着想。所以我直截了当地告诉她"我不爱你"。

但是，她没有退缩，而是说我的回答"不诚实"。接着，一方面小心翼翼地怕伤害我的自尊心，一方面试图说服我，她的分析颇有看头。她认为，男人不爱她，简直无法想象，如果真有的话，肯定是男人的伪装。她对我进行了这种精密的逻辑分析，推断出其实我早就心仪于她。她很聪明。假定她真心爱我，爱上一个无从下手的人，说我长相一般的外表美吧，我会生气；说我的 O 型腿美吧，我也会发怒；不说爱我的外在形象，而是说爱我的内在美，那更令我发怒。她经过精心考虑，什么都不说，只是一直说"我爱你"这句话。这样一来，我经过内心分析，就会发现与之相对应的感情。

我无法接受这种不合情理的推断。说实在的，我的欲望越来越强烈，但这种欲望并不是与她结合的打算。如果她爱的不是别人而是我，那么我就必须具有区别于别人的个别因素。这个个别因素只能是 O 型腿。所以，虽然她说不出口，但她实质上爱的是我的 O 型腿，而这种爱在我的思考中是不可能存在的。如果我的个别因素不是 O 型腿，而是其他的东西，爱或许会成为可能。但是，如果我认可 O 型腿以外的个别因素作为我的存在理由，那么我必须补充认可这个"以外的个别因素"，然后，也要相互补充性地认可他人存在的理由，乃至认可处在世界包围之中的自我。爱是不可能的。她说爱我，其实也是一种错觉，我也不可能爱她。所以我反复地说"我不爱你"。

不可思议的是，我越说"我不爱你"，她却在"我爱你"的错觉里越陷越深。于是，一天晚上，她终于做出委身于我的举动。她的身子洁白得炫目。但是我性无能。

这种彻底的失败，简单地解决了所有的问题。似乎终于可以证明我并不爱她。她离开了我。

我羞愧难当。但是与 O 型腿相比，任何羞愧都不足挂齿。其实，更让我尴尬难堪的是另一件事。我知道自己不举的原因所在了。那个时候，我想是自己的 O 型腿碰到了她美丽的脚丫，导致了我的无能。这个发现使我坚信自己绝对不会被人爱的平静从内心深处彻底崩溃了。

因为当时我产生了一种不正经的喜悦，我打算依照欲望本身，对其予以实践，以事实证明爱的不可能性。然而，肉体背叛了我的欲望，肉体做了我试图用精神做的事。我遇到了矛盾。如果不怕低俗的表达方式的话，那就是我怀着不会被爱的坚信幻想着爱，但在最后时刻，心安理得地将欲望摆在爱的替代品的位置上。而且我清楚地知道，欲望本身要求我忘却存在的条件，要求我放弃不会被爱的坚信——这个坚信是我爱情的唯一难关。我相信欲望是一种更加清晰的东西，所以从来就没有考虑有必要幻想自我——哪怕只是幻想一点。

从那时开始，我忽然更加关心我的肉体，胜过关心我的精神。但是，我无法化身成为纯粹的欲望，只是幻想着欲望而已。像风，别人看不见我的存在，我却能看见一切，静静地接近对象，温柔地爱抚对象的全身，甚至悄悄地潜入她的内心世界。……当你的肉体觉醒的时候，你大概会想象到有关某种具有质量的、不透明的、确切的、"物"的自觉。但我不这样。我是作为一具肉体、一个欲望完成的，我将成为一种透明的东西、无形的东西，也就是变成了风。

然而，O型腿会突然出来阻止我。只有这个绝对不会变得透明。这与其说是腿脚，不如说是一种顽固的精神。它作为比肉体更加确切的"物"，就在那里存在。

人们大概认为只有借助镜子才能看见自己，而残疾就是一面总是摆在鼻端的镜子。一天二十四小时，这面镜子映照出我的全身，不可能忘却。所以我没办法，只好将世间所说的不安视同儿戏。我没有不安。我的这种存在与太阳、地球、美丽的鸟儿、丑恶的鳄鱼的存在几乎是同样地确切。世界如墓碑一样岿然不动。

没有丝毫的不安，没有任何的支持，我独特的生活方式便是因此而生。我为了什么而活着？有人为此感到不安，甚至自杀。我无所谓。因为 O 型腿就是我活着的条件、理由、目的、理想……就是活着本身。它的存在本身对我就足够了。其实，所谓存在的不安，不正是从自己没有充分存在这个过高的不满中产生的吗？

我在自己居住的村子里注意到一个孀居的单身老人，有人说是六十岁，也有人说是六十多岁。在她丈夫忌日的那一天，我代替父亲上门诵经做法事。她家里一个亲戚都没有，就我和她在灵前。诵经完毕后，她在另外的房间请我喝茶，因为是夏天，我请求让我冲个澡。老太婆从后背给我浇水。当她用怜悯同情的眼光看着我的脚时，我心生一个图谋。

回到刚才的房间后，我一边擦身子，一边故作一本正经地开始讲述：我出生的时候，神佛托梦给我的母亲，说这个孩子长大成人以后，如果有女人真心诚意地膜拜他的脚，必定往生极乐世界。信仰虔诚的老太婆，手捻佛珠，一直凝视我的眼睛，聆听我的讲述。我随口胡乱念了几句经，将挂着佛珠的双手放在胸口前合掌，然后像尸体一样赤身裸体地仰躺下来。我闭上眼睛，嘴里还在叽里咕噜地念经。

你可以随意想象我当时是怎么强忍着不笑出来，但内心开怀大笑的。我丝毫也没有幻想自己。老太婆一边念经一边不断地膜拜我的脚。我一心只想着这一双被人膜拜的脚，感觉这种滑稽让人喘不过气来。Ｏ型腿，Ｏ型腿，我只想着这双脚，脑子里只有这双脚。这怪异荒诞的形态。这种我所身处的丑陋不堪的状态，这荒谬放荡的闹剧。然而，不断磕头的老太婆的鬓角头发时常碰到我的脚心，发痒的感觉越发煽动我滑稽的笑意。

从我以前被美丽的脚丫触碰后导致阳痿那个时候开始，我觉得自己对性欲的认识发生了偏差。因为在丑陋被热心膜拜的这个时候，我发现自己亢奋起来。尽管对自我没有丝毫幻想！尽管是在这个最不可宽恕的状态下！

我站起来，一下子把老太婆撞倒。奇怪的是，她根本无暇感觉哪怕是些许的惊愕。她躺在地上，一直闭着眼睛，嘴里继续念经。

真的好奇怪，她念的竟然是《大悲心陀罗尼经》中的一节，我牢记在心。

　　　伊醯伊醯。室那室那。阿罗嘇。佛啰舍利。罚沙罚嘇。佛啰舍耶。

你也知道，它的意思大概可以这样解释：奉召请，奉召请，召请断除贪嗔痴三毒之无垢清净之本体。

躺在我面前接受我的是一个六十多岁的女人，闭着双眼，没有化妆，晒得黢黑的脸。我的亢奋丝毫没有减退。这是闹剧的高潮部分，我不知不觉地接受了诱惑……

但是，不能用这种文学性的词语"不知不觉"来表达。我看见了一切。地狱的特色我都看得清清楚楚、完完全全，而且是在黑暗之中！

这个老孀妇布满皱纹的脸既不漂亮也不神圣。然而，这种丑陋和衰老仿佛对我"丝毫没有幻想自我"的内心状态不断地予以确证。无论是多么国色天香的美女，在没有丝毫幻梦的情况下观看，谁能说不会变成老太婆的这张脸呢？我的 O 型腿，这张脸……是的，总之，看见实相才能支撑我肉体的亢奋。我第一次以和谐的感情相信自己的欲望。而且我知道，问题并不是如何缩小我与对象之间的距离，而是如何保持我与对象之间的距离，使之成为一个真正的对象。

你可以看看：我并没有从"停止的同时即已到达"这样一种残缺的逻辑——绝不会招致不安的逻辑——中发明我的爱欲逻辑，去发明什么与世人称之为"沉溺"相类似的虚构。类似隐身衣或者风一样的欲望而进行的结合，对我来说只能是一种梦境。在我进入梦境的时候，我看到了梦境，同时也被这个梦境彻底看透。我的 O 型腿和我的女人一起在此时被抛到世界外面。O 型腿和女人都与我保持相同的距离。实相在对面，而欲望不过是一种幻象。我一边在幻象中无限地跌落，一边对着被看到的实相射精。我的 O 型腿和我的女人绝不会相互接触、结合，而是各自被扔到世界外面。……我的欲望无限地亢奋，因为那双美丽的脚丫与我的 O 型腿永久不会再接触。

我的想法大概难以理解吧，需要我做说明吗？但是，大概你也知道，我从此以后就心安理得地相信"爱是不可能的"了。我没有丝毫的不安，也没有丝毫的爱。世界永恒地停止，同时也已经到达。有必要特地给这个世界注释是"我们的世界"吗？我可以言简意赅地给有关世间的"爱"的迷惘下一个定义：那就是一种幻象与实相相结合的迷惘。我很快就会知道：我绝对不会被爱，这个坚信就是人类生存的根本形态。以上就是我破处的过程。

…………

柏木说完了。

我认真地倾听，终于松了一口气。我受到强烈的感染，没有从接触过去从未有过的思考方式所产生的痛苦中苏醒过来。柏木讲完，片刻之后，只见春天的阳光在我的周围灿烂闪耀，明媚的三叶草闪亮辉煌，身后的篮球场传来开朗热闹的呼唤声。然而，我觉得，这一切虽然还是在春天的白昼，但已经完全改变了原来的意义。

我觉得自己不能再沉默了，应该说几句附和的话，于是结结巴巴地笨嘴拙舌道："所以，从那以后你就孤独了。是吧？"

柏木又故意使坏，装作听不懂的样子，让我重复一遍。不过，他的回答已经含带亲切的语气。

"什么孤独？为什么我要孤独？至于我后来的情况，你今后和我交往，就会逐渐明白的。"

下午上课的铃声响了。我想站起来，但柏木依然坐着，存心不良地拽住我的衣袖。我穿的是禅门临济学院中学时候的学生服，只是把纽扣换了一下，又旧又破，而且窄小，穿在身上，本来单薄的身子更显得瘦细。

"这一节是汉文课吧？多没意思啊，走，到那边散散步。"

柏木说罢，像是先把身上的部件拆卸成好几块，然后再重新组装起来似的，费了九牛二虎之力总算站了起来，这让我想起电影上的骆驼坐卧站起的样子。

我以前从未旷课，但觉得不能失去这次了解柏木的机会，于是我们一起朝学校的正门方向走去。

走出正门的时候，柏木独特的走路形态忽然引起我的注意，产生了一种近似羞耻的感情。自己怀着与普通人一样的感情，觉得和柏木一起走路难为情，这种想法很奇怪。

柏木明确地让我知道自己羞在何处，同时也促使我迈向人生。……我所有阴暗的感情、所有邪恶的心理，都被他的语言所陶冶，变成一种新鲜的东西。大概正是这个缘故，当我们踩着沙石路，走出红砖正门的时候，远处的比叡山在春日阳光下清新润泽，仿佛我是第一次看见这座山。

我觉得它和我周边沉睡的许许多多事物一样，如今以一种崭新的含义再次展现在我的面前。比叡山峰顶险峻高耸，但它的山麓开阔伸展，仿佛一个主题的余韵无限地回响荡漾。从眼前鳞次栉比的低矮房顶望过去，比叡山起伏皱襞的阴暗处，笼罩在山腰春意盎然的浓淡色彩所形成的暗蓝色里，只有这一部分显得格外鲜明。

大谷大学门前行人稀少，车子也少。从京都站前通往乌丸车库前的市营电车道上也只是偶尔才能听到电车的声音。电车道对面大学运动场的古旧门柱正对着这边的大门，左边延伸着两排柔枝嫩叶的银杏树。

柏木说："我们去运动场溜达溜达吧。"

他在我前面，跨过电车道。他全身剧烈地扭动着，如水车一样狂奔过几乎没有车子通过的电车道。

运动场十分宽阔，大概也是逃课或者停课的学生三五成群地在远处练习棒球投球，近处有五六人练习跑马拉松。战争结束才两年，青年们又试图开始消耗体力。我想起寺院的粗茶淡饭。

我们坐在一个开始老朽的浪桥上，有一眼没一眼地看着在椭圆形的跑道上时而跑近时而远去的练习马拉松的学生们。对逃学时间的感觉，如同第一次穿上的新衬衫在周围日光的照晒和微风吹拂摇曳时抚摸皮肤那样的感觉。体育比赛的一群人气喘吁吁地慢慢跑过来，随着疲劳的增强，脚步声开始紊乱，留下飞扬的尘埃向远处跑去。

"一群可怜的傻蛋！"柏木没有丝毫不如人家的服输感觉，"瞧这狼狈相，都是些什么玩意儿？你说这帮家伙健康吗？要是那样的话，在别人面前炫耀自己的健康又有什么价值？

"如今到处都在公开进行体育活动。这完全是末世的象征。该公开的东西一点都不公开。什么是该公开的东西……就是死刑。为什么不公开死刑？"

他好像梦呓般继续说道："难道你不觉得战时的稳定秩序就是通过人们的公开惨死得以维持的吗？现在不公开死刑，听说就是出于会让人心充满杀气的考虑。简直荒唐！空袭期间的收尸人个个都亲切快活。

"看见人的苦闷、鲜血和临终的呻吟，会让人变得谦虚，人心变得细腻、开朗、温和。而我们变得残暴，无情杀戮，绝不是那个时候。我们突然变得狰狞残暴，就是在这样的时候——例如在这样春光明媚的午后，坐在修剪整齐的草坪上，心平气静地眺望阳光在枝叶间嬉戏——这样的瞬间。

"世界上所有的噩梦、历史上所有的噩梦都是这样发生的。但是，浑身鲜血淋漓的人在光天化日下痛苦地死去，他们的形态清晰地勾勒出噩梦的轮廓，使噩梦物质化。噩梦不是我们的苦恼，不过是他人剧烈的肉体痛苦而已。然而，我们感受不到他人的痛苦。这有什么好拯救的啊！"

但是，比起这种充满血腥味的自我独断的主张（虽然也有一定的魅力），我更想听他说破处以后的经历。如前所述，我一心一意地期待从他的经历中获得"人生"的启示。于是，我暗示性地向他提了问题。

"你是说女人吗？哼。我最近凭直觉就能知道什么样的女人喜欢 O 型腿。女人中有这一类人。喜欢 O 型腿的男人，这也许是她一辈子的隐私，最后带到坟墓里去。这是这种女人唯一的恶俗情趣，唯一的梦想。

"对了，喜欢 O 型腿男人的女人，一眼就能辨别出来。大致是美女中的美女，鼻子尖冷，嘴角有点轻浮妖冶……"

这时，一个女人从对面走过来。

第五章

这个女子不是从运动场，而是从运动场外的通往居民区的那条路上走过来。那条路比运动场地面约低两尺。

她是从一幢建筑豪华气派的西班牙风格宅邸的旁门走出来的。宅邸有两个排气天窗，玻璃窗上镶嵌着斜格子纹饰，还有一片宽敞的温室玻璃屋顶，给人一种容易损坏的印象，但隔着道路与运动场相邻的一边架起很高的铁丝网——这无疑是在宅邸主人的抗议下才架设的。

柏木和我坐在铁丝网尽头这边的浪桥上。我看了她一眼，不由得惊愕万分，这个高雅端庄的容貌与柏木告诉我的喜欢 O 型腿的女人长相一模一样。不过，后来我才觉得自己的惊愕是多么愚蠢。柏木或许早就见过这张脸，说不定还梦见过她。

我们有意等着她过来。阳光普照，春日融融，远处是湛蓝色的比叡山的峰顶，近处是逐渐靠近过来的女子。我还沉浸在柏木刚才说的那一番话里，没有从他的奇谈怪论所给予我的感动中清醒过来，他把自己的 O 型腿与他的女人像两颗永不相会的星星一样分别放置在实相的世界里，他本人则无限地掩埋在幻相的世界并实现欲望。这时，云彩从太阳的表面掠过，我和柏木被包裹在淡淡的暗影里。我想我们的世界即刻呈现出幻相的形态，一切都变成灰色，变得模糊，我自己的存在也变得模糊。只有远处比叡山湛蓝的峰顶和缓缓走近的优雅女子在实相的世界里辉煌璀璨，感觉只有这两者才是确切的存在。

女子的的确确是走过来了，可是，这种时间的推移类似不断增加的痛苦，随着她慢慢走近，一张与我们毫无关系的陌生的脸逐渐清晰起来。

柏木站起来，在我耳边使劲压低嗓门说道："往前走，按我说的做！"

我只好往前走，与那个女子保持平行、同一方向，我们沿着墙边走，比女子走的路高出两尺左右。

"从这儿跳下去！"

柏木的手指尖捅着我的后背。我跨过低矮的石墙，跳到女子行走的路上。但是，在我后面往下跳的柏木发出可怕的声音，摔落在我的身边。这是因为他没跳好，是栽倒下来的。

他穿着黑色学生服的后背在我的眼前激烈地上下起伏，趴在地上的样子看上去不像个人，我在瞬间还以为是一个毫无意义的巨大的黑色污点，如雨后路上一摊浑浊的污水。

柏木颓然摔倒在女子的跟前。女子立刻停住不动。我想把柏木扶起来，就在我跪下来的时刻，我看到了她冷漠的高鼻子、略显轻浮妖冶的嘴角、湿润的眼睛，就在这个瞬间，我从中看到了月光底下有为子的面影。

然而，幻影立即消失，看上去还不到二十岁的女子用一种轻蔑的眼光看着我，好像打算走过去。

柏木比我更加敏锐地觉察出她的意图，一下子叫起来。那可怕的声音在没有人影的白昼的居民区回荡着。

"你就这么狠心吗？打算把我扔下不管吗？就是因为你，我才摔成这个样子的！"

女子回头一看，顿时害怕颤抖起来，用干燥纤细的手指摩挲着苍白的脸颊，好不容易说出一句话："那要我做什么？"

柏木已经抬起头，正面看着女子，一字一字明确地说道："你家里有药吗？"

女子沉默片刻，转身朝原路返回。我把柏木扶起来。他的身子很沉重，大口喘气，好像浑身疼痛的样子，可一旦搭着我的肩膀行走，却意外地动作轻巧……

我扶着柏木，走到那座西班牙风格宅邸的旁门前，让她先进去，一种极度恐惧感袭上心头，我把柏木扔在那里，头也不回地拔腿就跑。我都没想回学校，一直跑上寂静的人行道，从药店、点心店、电器店等店铺前面跑过去。当时我的眼角闪过紫色、红色的东西，大概是从天理教弘德分教会的门前跑过去了，因为那黑墙上并排挂着梅花纹饰家徽的灯笼，门前围着同样是梅花纹饰家徽的紫色幔帐。

我自己都不知道这急急忙忙地赶到哪儿去。——我一口气跑到乌丸车库前的车站，跳上电车。当电车开始驶往紫野方向时，我终于放下心来，手心却捏了一把汗。此时我急躁的心才明白应该去金阁。

因为是观光季节，平日里也游人如织。我从人群中挤出来匆忙前往金阁时，导游老人惊讶地发现了我。

我站在金阁前面，在飞扬的尘埃和丑陋的游客的包围之中。在导游高嗓门的回响之中，金阁似乎还是老样子，隐藏着它一半的美色，一副浑然不知的样子。只有在池面的投影清澈澄明。可是，换一种看法，它就像《圣众来迎图》①所描绘的在众菩萨簇拥下前来接引往生者的阿弥陀佛，尘埃的云彩如同环绕众菩萨的金色云朵，而金阁在尘埃中的朦胧形态也如同褪色的古旧颜料和磨损的图案。嘈杂与喧闹渗进细柱的形态里，沿着小小的究竟顶

---

① 《圣众来迎图》，此图依据《无量寿经》所绘，描绘信仰净土的众生临终时，阿弥陀佛前来迎接众生往生极乐净土的场面，是平安时代存世绢画中最大的一幅。日本国宝，存于高野山灵宝馆。

逐渐变细，最终被高高耸立的顶上的凤凰所连接的白蒙蒙的天空吸收进去，这是很自然的。建筑只要在那儿存在，就可以统制、管制一切。周围的喧吵越是厉害，金阁西面的钓殿漱清、二层上的究竟顶突然变细的结构，这样不均衡的纤细的建构就越是起到将浊水变清的过滤器的作用。人们吵闹的说话声，金阁也不会阻挡，而是让它通过优雅的四周明柱穿透过去，很快就将其过滤成一种静寂、一种澄明。而金阁与它在池面上巍然不动的投影一样，也在地面上完成了宏愿。

我的心情平静下来，恐惧的感觉终于消退。我心中的美，必须是这样的美。它阻隔我的人生，它保护我的人生。

我几乎是在祈祷：如果我的人生像柏木那样，就请您保佑我吧！因为我根本无法忍受那样的人生。

柏木给予我的暗示，以及他在我面前当场表演的人生，只能表明生存与破灭具有相同的意义。那样的人生缺少自然性，也缺少金阁那样的结构美，就是说，不过是一种痛苦的痉挛。的确，我受到他极大的诱惑，从而确定自己今后的人生方向，这是事实，但首先必须忍受被布满荆棘的生之碎片扎得满手鲜血的恐怖。柏木对本能和理智抱以同等蔑视。他的生存本身如同一个奇形怪状的球到处滚动，试图撞破现实的墙壁。这甚至算不上是一种行为。总之，他所暗示的人生不过是一出危险的闹剧，试图打破以未知的伪装蒙蔽我们的现实，清扫出一个不再含有任何未知的世界。

我这样说是因为后来我在他的租屋里看到这样一张广告。

这是一张日本旅游协会印制的石板印刷的广告，精美的画面上描绘着日本阿尔卑斯山耸入湛蓝天空的白色山顶，横排的文字是："呼唤您，走进未知的世界！"柏木用红笔在这一行字和山顶之间极其粗暴地狠狠斜画了一个叉，并且在旁边潦草凌乱地——令人想起他的 O 型腿的扭曲走路——写道：我无法忍受未知的人生。

第二天，我还是挂念着柏木，便去了学校。回想起来，昨天我出于与柏木的深厚友谊逃离现场，我对这个举动没有感到什么责任，但如果今天在教室里看不见他的身影，我会感到不安。在即将上课的时候，我看见他和往常一样，不自然地耸着肩膀，走进教室里。

课间，我一把拽住柏木的胳膊。对我来说，已经好久没有做出这样开心的动作了。他歪咧着嘴笑了，跟着我到走廊上。

"你的伤不要紧吧？"

"伤？"——柏木悯笑地看着我，"我什么时候受过伤？嗯？你说我受伤了？你是梦见我受伤了吧？"

我说不出话来，柏木让我等得着急，然后才把实情告诉我。

"我那是在演戏。从那条路上摔下去，我不知道练习过多少次。

看上去像是骨折，非常夸张地倒在地上，其实是我练出来的本领。那女的试图视而不见溜走，她完全打错了算盘。可是，你看看，她已经迷恋上我了。确切地说，她迷恋上了我的 O 型腿。那妞儿亲自给我的腿上抹碘酒呢。"

说着，他把裤腿挽起来，给我看小腿上抹成淡黄色的地方。

那时候，我就觉得自己已经看出了他的骗术，故意在路上摔倒自然是为了引起女子的注意，但假装受伤难道不是为了掩饰自己的 O 型腿吗？这个疑问不仅没有让我对他产生轻蔑的想法，反而让我对他增加亲切感。我按照一般青年人的感觉，认为他的哲学里越是充满欺诈，就越发证明他对人生是诚实的。

鹤川并没有看好我与柏木的交往。他发自内心的充满友情的忠告，让我感到厌恶，不仅如此，我还争辩说，你可以有很多好朋友，而我只有柏木和我般配。这时，他的眼睛流露出难以言喻的悲哀，我之后回想起来，是多么悔恨懊恼啊。

※

正是五月。柏木策划去岚山游玩，说是假日人满为患，不如找个平日，旷课前往。柏木毕竟是柏木，他说晴天不去，昏沉沉的阴天才去。他计划让那家西班牙式洋房的小姐陪伴他，然后把他租房的房东的女儿带出来，让她陪着我。

我们相约在俗称"岚电"的京福电铁的北野站会合。那一天还真是五月少有的昏沉郁闷的阴天。

鹤川因为家里发生什么纠纷，请假一周回东京去了。虽然他这个人绝对不会背后播弄是非，但这么一来还是免除了我一早和他一起上学却突然半路不见行踪的尴尬。

回想起来，那次游览岚山给我留下了苦涩的记忆。虽然我们都是年轻人，但青年所特有的阴暗、浮躁、不安、虚无感在那一天的游玩中淋漓尽致地暴露出来。而柏木似乎早就预料到这一切，所以才选择了阴霾欲雨的日子。

那一天刮西南风，风势时而急剧，时而猝然中止，阵阵微风喧哗着不安的躁动，天色昏暗，但还能辨认出太阳的位置。一部分云朵泛着白光，如同穿着几层衣裳的领口依然透出的白皙胸脯，从那模糊的白色中分辨出躲在云朵背后的朦胧太阳，却又很快融进阴天的暗灰色里。

柏木没有骗人，他果然在两位小姐的陪同下，出现在检票口。

其中一个小姐真的是那个漂亮的女子，冷漠的高鼻子，略显轻浮妖冶的嘴角，一身外国布料制作的西服，肩上挎一个水壶。另一个是柏木房东的女儿，微胖，穿戴、容貌都相形见绌，只是小下巴、端正的嘴巴还有点少女的感觉。

在前往岚山的车厢内，游山玩水的愉快气氛就已经开始被破坏。柏木和那个小姐不停地争论，我听不清他们争论的内容，但小姐时而紧咬嘴唇，强忍泪水。房东的女儿对这一切充耳不闻，漠不关心，一直低声哼着流行歌。她突然对我说道："我们家附近有一个插花师傅，人长得很漂亮，前些日子，她给我讲述了一则悲恋的故事。战争期间，这个师傅有了恋人，是一个陆军军官，可是他要上战场去。于是，他们两个在南禅寺见面，进行短暂的告别。他们的恋爱没有得到父母亲的允许，但她怀上了孩子，在两人最后告别前不久，可怜的婴儿胎死腹中。那个军官非常伤心，临别之际，他说你已经是母亲了，想吃一口你的乳汁。好像时间很紧迫，于是她当即把乳汁挤在茶汤里，让恋人喝下去。后来，也就一个月以后，她的恋人死在战场。从此以后，师傅为他守节，孑然一身。她还很年轻，而且很漂亮……"

我怀疑我的耳朵。战争末期，我和鹤川从南禅寺的山门看到的那一幕难以置信的景象重现在我的脑子里。我没有把自己的回忆告诉姑娘。因为如果我告诉了她，现在听到这则故事时的感动就会辜负当时那个神秘的感动，我没有说出口，那么这则故事不仅不会解开神秘的谜底，反而会重新形成神秘的双重结构，从而更加深它的神秘色彩。

这时，电车从鸣泷附近的大竹薮旁边驶过去。五月是竹子的凋零季节，竹叶发黄。摇曳竹梢的轻风将枯叶吹落到密集的竹丛中，而竹根似乎不关季节，依然盘根错节地平静安卧在竹林深处。只是生长在飞驰而过的电车近处的竹子剧烈地弯身摇摆。其中有一株青翠欲滴的嫩竹格外引起我的注目，它娉婷袅娜、娇艳柔美的奇异摆动留在我的眼底，渐去渐远……

我们一行抵达岚山，来到渡月桥畔，参拜了以前不知道而未曾去过的小督局[1]坟墓。

小督局为避平清盛，隐居于嵯峨野。源仲国奉旨寻找，在皓月当空的中秋之夜，循着幽微的琴声，终于找到她的隐居处。这首琴曲叫作《想夫恋》[2]。谣曲《小督》里有这样的唱段："明月当空照，来到法轮寺，幽微闻琴声，不是山风啸，不是松涛鸣，应是伊人弹奏妙，喜听此曲是何曲，思恋夫君《想夫恋》。"小督局后来在嵯峨野的尼庵中，为高仓天皇祈祷冥福，度过后半生。

她的坟墓坐落在小径深处，只是一座小石塔，夹在一株大枫树和一株即将老朽的梅树之间。我和柏木煞有介事地念了一小段经文。柏木一本正经地使用亵渎语气念经的方式传染了我，我也

---

[1] 小督局（1157—？），平安时代后期的女官，高仓天皇的妃子，中纳言藤原成范之女。被平清盛疏远，隐居嵯峨野。后源仲国奉旨召其入宫，平清盛知道后，逼其出家。
[2]《想夫恋》，雅乐曲名。原先曲名为《相府莲》，是南朝齐王俭相府所唱的"莲"歌。"莲"与"恋"，"相府"又与"想夫"谐音，后来成为女子思夫的恋歌。

用附近学生哼歌的心态念经。这种小小的亵渎圣灵的行为极大地解放了我的感觉，让我兴奋得跃跃欲试。

"优雅的坟墓竟是如此简陋寒碜，"柏木说道，"政治权力和金钱的力量留下豪华的坟墓，八面威风。这帮人生前毫无想象力，所以坟墓也是由没有想象力的人建造的。但是，优雅的人，只依靠他的想象力活着，所以留下这样只能让我们发挥想象力的坟墓。我觉得这很凄惨，因为死后还要不断地乞求别人的想象力。"

"优雅只存在于想象力之中吗？"我愉快地插上一句，"你所说的实相，即优雅的实相又是什么？"

"就是这个。"柏木啪啪地敲打着长着青苔的石塔顶部，"石头，或者是骨头。就是人死后留下来的无机物。"

"你还真是死心眼的佛教徒。"

"什么佛教不佛教的。优雅、文化、人所认识的美，所有这些东西的实相都是不毛的无机物。龙安寺①也不是什么，只是一堆石头而已。哲学，也是石头。艺术，也是石头。要是说到人的有机性的兴趣，真令人觉得可悲，不就仅仅是政治吗？人原本就是自我亵渎的生物。"

"那性欲属于哪方面？"

"性欲？大概是在中间部分吧。在人与石头的不停循环绕圈

---

① 龙安寺，位于京都市右京区，临济宗妙心寺派的寺院。以石庭著称。

中捉迷藏。"

我本想当即对他所认识的美予以反驳，但是两个女子已经听厌了我们的议论，开始沿着小路往回走，我们只好跟在她们后面。从小路遥望保津川，可以看到渡月桥北面的堤坝部分。河流的彼岸是岚山，笼罩在阴翳的绿色中；而河流的此岸，激越湍飞的水花画出一条白线延伸过去，荡起哗哗的水声。

河流上有不少游船。沿着河边往前走到尽头，便是龟山公园的门口，进去以后，只见满地纸屑，便明白今天公园的游人稀少。

我们在门口又回头望了一眼保津川和岚山的嫩绿景色，对岸有小瀑布奔泻而下。

柏木又说道："美丽的景色是地狱。"

我觉得柏木的这种说法是满嘴胡说，可是我又依照他的说法，试图用地狱般的眼光去观看景色。我的这个努力并非枉费功夫。在这一片树叶嫩绿、安详平静的景色中，我看见地狱在轻轻地摇荡。地狱似乎不分昼夜、随时随地、随心所欲地出现。只要我们呼唤，它似乎就能立即存在。

据说岚山的樱花是十三世纪从吉野山移植而来的，现在已是凋谢季节，花落叶长。花季一旦过去，在这片土地上，花不过是死美人的名字而已。

龟山公园里松树最多，这里的色彩不因季节而变化。在高低

起伏不平的广阔的公园里，所有的松树都挺拔耸立，树干在高处
才有叶子，无数光秃秃的树干不规则地交叉在一起，使得眺望公
园时的远近感变得不安。

一条宽阔的回旋路环绕着公园，上坡下坡，到处都是树桩、
灌木、小松树。一块巨石埋在地下，露出一半白色的石矶，周围
盛开着茂密的紫红色杜鹃花。在阴沉沉的天底下，这种颜色似乎
带着几分恶意。

一对年轻男女坐在架设在洼地里的秋千上，我们从他们旁边
登上小山丘的顶上，坐在伞状的凉亭里休息。从这里往东望去，
公园的全景大抵尽收眼底，透过西面的树枝也可以俯瞰保津川的
流水。秋千吱嘎吱嘎像睡觉磨牙似的声音不停地传到凉亭上来。

小姐解开包袱。柏木的确说过不要盒饭，所以包袱里装的是
四人份的三明治、很难搞到手的外国进口的点心，最后还有只供
给占领军、只有在黑市才能买到的三得利威士忌。据说当时的京
都是京阪神地区黑市买卖的中心地。

我几乎不喝酒，但是她把玻璃酒杯递给我和柏木，我合掌感
谢后，接过酒杯。她们两个喝水壶里装来的红茶。

我对小姐与柏木的亲密关系那时还是半信半疑，不明白看上
去难以接近的这个小姐怎么就和柏木这个 O 型腿的穷小子搞上了
呢？可是，等两三杯酒下肚以后，柏木不问自说起来，似乎在回

答我的疑问。

"刚才我们在电车里争吵了吧。事情是这样的，她家里人硬逼着她和一个她不喜欢的人结婚。她这个人性格懦弱，眼看着就要屈从。于是我说要坚决阻止这桩婚事，又是劝慰又是恐吓的。"

这种话本不该在当事者面前说出来，可是柏木竟然不理会她在自己身边，满不在乎地揭露出来，而小姐也无动于衷，表情毫无变化。她细嫩的脖子上挂着陶片串成的蓝色项链，在阴沉的天空下，卷曲的头发轮廓使她过于鲜明的容颜变得朦胧起来。她的眼睛过于湿润，因此只有眼睛给人一种生动的赤裸裸的印象。略显轻浮妖冶的嘴角和平时一样，微微张开，从唇间的细缝中露出细致锐利的牙齿，闪着清澈皎洁的白光，感觉如同小动物的牙齿。

"哎呀，痛！好痛啊！"

柏木突然弯下身子，抱住小腿，呻吟起来。我慌忙蹲下去想照顾他，但柏木把我的手推开，怪异地冷笑着对我使个眼色。我立即把手抽回来。

"痛！好痛！"

柏木像真的一样痛苦呻吟。我不由得看着身边的小姐的脸。她花容失色，目光慌乱，嘴唇急速颤抖，只有冷漠的高鼻子纹丝不动，形成了奇异的对照，容貌失去了均衡和谐。

"忍一忍！忍一忍！马上就给你治疗！马上！"——我第一次

听见她这样旁若无人地用尖嗓子叫唤。小姐抬起修长的脖子，环顾四周，接着立即跪在凉亭的石头上面，抱着柏木的小腿，将自己的脸颊贴上去，最后甚至还亲吻了小腿。

这个场面再次让我感到恐惧。我看了一眼房东女儿。她正看着别的方向哼着歌曲。

……这时候，我觉得阳光从云隙间泄漏下来，也许是我的错觉。但是，寂静的公园全景构图出现不协调的感觉，包围着我们的澄明的画面，它的松林、闪光的河流、远山、白色的石矶、到处绽放的杜鹃花……被这些东西充满的整个画面，其各个角落都已经出现细小的龟裂。

实际上，该发生的奇迹似乎还是发生了。柏木逐渐停止呻吟，抬起头的瞬间，又冷笑着般对我投来一个眼色。

"好了。真是不可思议，疼痛的时候，只要你这样给我治疗，马上就不痛了。"

他双手抓着女子的头发把她拉起来。女子被他抓住头发，却以像忠诚的狗一样的表情抬头对他微笑。恰好被阴郁迷蒙的白光映照的这个瞬间，在我眼里，这个妙龄女郎的美色竟然和柏木以前对我说过的六十多岁的老太婆的丑相一模一样。

——柏木完成这个奇迹以后，显得十分开心，开心得简直要发狂。他狂笑起来，把女子抱到膝盖上接吻。他的笑声回荡在洼地的松树枝梢之间。

"你怎么不上啊？"柏木见我默不作声，说道，"特地给你带来一个姑娘，可你怎么啦？你是怕她嗤笑你的口吃，觉得难为情吗？结巴！结巴！说不定她就喜欢你的结巴。"

"你是结巴啊？"房东姑娘这才意识到原来我口吃，"这么说，三个残疾人①，已经齐了两个。"

这句话深深刺伤了我，简直让我无地自容。我憎恨这个女人，然而，奇怪的是，这种令人头晕目眩的愤怒突然转化为一种欲望。

柏木一边俯视着还在兴致勃勃荡秋千的情侣，一边说道："我们分成两组，各自找地方去待一会儿。两小时后再回到凉亭这儿来。"

我们分手后，我和房东姑娘从凉亭的山丘往北下去，再往东绕过去，爬上一道缓坡。

姑娘说道："他把小姐捧为'圣女'呢。总是这套小把戏。"

我结结巴巴地反问道："你怎么知道的？"

"我当然知道啰。我和柏木有过一段关系啊。"

"现在什么都不是了，你还真不在乎啊。"

"不在乎。那种残疾，拿他没办法。"

---

①《三个残疾人》，狂言剧目。描写三个赌徒输得精光之后，装扮成盲人、瘸子、哑巴到富豪家打工。一天，富豪出门，三人脱下化装的衣服，打开酒库，开怀畅饮。这时主人回来，三人慌慌张张，互相穿错衣服，丑态百出。

这句话现在反而给予了我勇气，于是我很流利地问道："你肯定也是喜欢他的腿吧？"

"别瞎说，那种青蛙一样的腿。我才不喜欢呢，我是觉得他眼睛漂亮。"

于是，我又丧失了自信心。不管柏木是怎样想的，这女子爱上了他本人没有意识到的美之所在。然而，我的傲慢让我觉得不存在自己没有意识到的美之所在，只有我拒绝了的美的存在。

——我和姑娘登上坡顶，这里有一片幽静的小原野。从松树、杉树的林间可以隐约远眺大文字山、如意岳等逶迤群山。从丘陵一直到下面的城镇的斜坡上，覆盖着茂密的竹林。竹林的尽头，有一株晚樱，花儿尚未凋谢。这实在迟开的花，像结巴一样，迟迟地开，因此才能开得这么晚。

我感觉胸口堵塞，胃部沉闷，这不是喝酒的缘故。一到紧要关头，我的欲望就会增加重量，离开我的肉体，形成抽象性的构造，压在我的肩膀上，感觉就像一部漆黑沉重的生铁机床。

我多次说过，我赞赏柏木把我引上人生道路的那份亲切或者恶意。我在中学曾经把一个前辈的短剑鞘弄坏了，当时我就明确地看到自己没有资格面对人生明亮的外表。然而，柏木是第一次告诉我有一条从内心到达人生的黑暗捷径的朋友。貌似通往毁灭之路，但也可以称之为一种炼金术，它具有丰富的意想不到的计谋术数，将卑劣原原本本地变成勇气，将我们称为恶德的东西重新还原成纯粹的能量。尽管如此，事实上尽管如此，它依然是人生。它可以前进、获得、推移、丧失。即使谈不上是典型的生，但已经具备生的所有功能。如果在我们看不见的地方，赋予"所有的生都是无目的性的"这个前提，那么这个生就越发与其他普通的生具有同等的价值。

我想，就算是柏木肯定也有过酩酊大醉的时候。我早就明白，不论在什么样的阴暗认识里，都潜藏着认识本身的醉意。而让人醉倒的无非就是酒。

……我们坐在色褪虫蛀的杜鹃花下，我不知道房东的女儿为什么愿意这样陪着我。我故意残忍地贬低自己，可是我不明白这个姑娘为什么有那种"想被人玷污"的冲动呢？世间应该有一种满怀羞耻和亲切感的不抵抗，但是，姑娘一味将我的手贴在她的胖乎乎的小手上，就像午睡时肉体上爬满苍蝇一样。

长久的接吻和柔软的下巴的触感，唤醒了我的欲望。这本应该是我梦寐以求的梦想，可是现实的感觉竟如此浮浅稀薄，欲望跑到别的轨道上旋转。阴霾的灰白色天空，竹林在风中的喧哗，七星瓢虫顺着杜鹃花的叶子拼命攀爬……这一切依然毫无秩序地零星存在着。

莫如说我正打算从把眼前这个姑娘作为自己的欲望对象这个

思路中逃脱出来。我应该认为这是自己的人生，应该认为这是自己前进一步而获得的一道关口。如果失去今天这个机会，我的人生将永不再来。这么一想，我抖擞激动的一颗心立即浮现出由于口吃而不能流利说话所产生的种种屈辱的回忆。我应该毅然决然地开口说话，尽管口吃，但要说点什么，把"生"变为己有。柏木那种刻薄的催促，那种"结巴！结巴"无所顾忌的叫喊，在我的耳边回响，鼓舞着我。……于是，我的手终于滑到姑娘的衣摆上。

这时候，金阁在我眼前出现了。

一座威严庄重、忧郁惆怅的优雅的建筑，一座金箔到处剥落后剩余奢华残骸的建筑。它处在和我不可思议的既近且远、既亲且疏的距离，却澄澈明洁地呈现了出来。

它站立在我与我所立志的人生之间，起初小如微画，但逐渐变大，在那个精致细密的模型里，仿佛能看见几乎网罗全世界的巨大金阁的形象，它占据我周围世界的各个角落，严丝合缝地充填了我的世界，如大型的音乐般充满世界，并以这个音乐满足世界存在的意义。金阁时常疏远我，屹立在我的外面，但如今紧紧包围着我，允许我在它的内部结构中拥有自己的位置。

我幻影中的房东姑娘走了，走远了，身影越来越小，如尘埃般飞去。姑娘既然被金阁拒绝，也就被我的人生拒绝了。既然我的四周充满着美，怎么还能向自己的人生伸手呢？即使从美的观点来看，大概也有权要求我断绝欲念吧。不可能一只手的手指接触永恒，另一只手的手指接触人生。如果对于人生来说，行为的意义就是针对某个瞬间宣誓忠实，使瞬间停止不动，那么金阁大概会洞悉这一切，在极短的时间里结束对我的疏远，金阁会主动化为这个瞬间，前来告诉我我对人生的渴望是多么虚幻。在人生中，化为永恒的瞬间让我们陶醉，但比起化为瞬间的永恒形态的金阁，这些瞬间完全微不足道，金阁对此洞若观火。正是在这种时候，美的永恒存在才真正阻碍我们的人生，毒害生。生让我们从缝隙中窥见瞬间之美，但是在美的荼毒面前，完全不堪一击，迅速土崩瓦解，崩溃毁灭，将生本身暴露在灭亡的褪色白光之下。

……我被幻影般的金阁拥抱的时间并不长，等我清醒过来的时候，金阁已经隐身不见。它不过是现存在距离这里遥远的东北衣笠①之地的一座建筑而已，不可能看见的。金阁那样接受我、拥抱我的幻影的时间已经过去。我躺在龟山公园的山丘上，周围是盛开的野花和缓缓飞舞的昆虫，还有一个恣意放纵横躺的姑娘与我在一起。

姑娘对我突然间的畏惧投来鄙视的眼光，坐起来，扭着腰，背对着我，从手提包里拿出镜子照着。她没有说话，但她的轻蔑，如同扎在衣服上的秋天的牛膝一样，刺痛了我全身的肌肤。

①衣笠，京都市北区西南部的地名。在大文字山山麓，金阁寺在其西面。

天空低垂。细雨轻轻敲打着周边的野草和杜鹃花。我们慌忙站起来，急匆匆顺着刚才的道路回到凉亭。

※

岚山的游览在凄楚的气氛中结束，不仅仅因为这个，这一天留给我的印象极其阴暗，还因为当天开枕之前，老师接到一封来自东京的电报，电报的内容在寺院中迅速传开。

鹤川死了。电文简短，只说是死于事故。后来我们知道的详细情况是这样的：前天晚上，鹤川去浅草的伯父家。他平时不喝酒，但那天晚上喝酒了。回去的时候，在车站附近，忽然被胡同里驶出来的卡车撞倒，颅骨骨折，当即死去。家里人不知如何是好，到第二天下午，才想起要给鹿苑寺发电报。

父亲去世时，我没有落泪，但这次我哭了。因为鹤川之死比父亲之死对我更为重要，关系到我目前紧迫的问题。自从我认识柏木以后，与鹤川有所疏远，但如今失去了他，我深深觉得，由于他的死，我与光明的白昼世界维系的一缕细线从此断绝。我为失去的白昼、失去的光明、失去的夏天而哭。

即使我想去东京吊唁，也没有钱。老师每个月给我的零花钱只有五百日元。母亲本来就十分贫困，每年最多给我寄一两次钱，每次二三百日元。她处理完家产后，寄居在加佐郡的伯父家里，但因为男人不在了，只能依靠檀家每个月不足五百日元的救助米以及京都府发的微薄补助金生活，日子过得比较艰辛。

我没有见到鹤川的遗体，没有参加他的葬礼，我不知道该如何接受鹤川的死亡，心里十分困惑。他身穿白衬衫沐浴着树间透下来的阳光而起伏跃动的腹部如今依然灼灼在目。谁能想象，他那只为阳光而打造、只适合光明的肉体和精神怎么会埋在坟墓里安息呢？他毫无夭折的征兆，他虽然生于不安与忧愁，但没有携带任何与死亡类似的要素。也许正是因为这个才遽然而死的，正如纯种的动物生命都很脆弱一样，鹤川只是由生的纯粹成分构成的，所以他也许缺少预防死亡的方法。而我与他相反，我注定长寿——应该被诅咒的长寿。

他所生活的世界的透明结构始终对我是一个奥妙神秘的谜团，他的死使得这个谜团变得更加恐怖。正如透明得让人察觉不出的玻璃一样，这个透明的世界被横向冲出来的卡车撞得粉身碎骨。鹤川不是死于疾病，所以这个比喻对他非常贴切，死于事故是一种纯粹的死，极其适合他无比纯粹的生的构造。通过这种一瞬间的冲突，他的生就与死结合在了一起。……无疑只有通过这种过激的方式，才能使这个没有任何阴影的不可思议的年轻人将自己的阴影与自己的死结合在一起。

鹤川生活的世界洋溢着开朗的感情和善意，但可以断言他并不是出于误解和轻率的判断而居住在那里的。他怀着的这世间未有的光明之心，已经被一种力量、一种坚韧的柔软所证明，这正是他原本的运动法则。他把我阴暗的感情一一置换成明亮的感情，他的做法里具有某种无与伦比的正确性。他的光明与我的阴暗显示出无处不在的对应、仔细过头的对比，所以我怀疑，鹤川莫不是原原本本地体验过我的心？不，不是这样。他的世界的光明是纯粹的，也是偏颇的，是他自身细致的体系造就的，也许这种精密几乎是接近恶的精密。如果这个年轻人不屈不挠的体力无法不断地支撑它进行运动的话，也许这个光明透亮的世界就会立即分崩离析。他勇往直前，狂飙突进。于是，卡车辗过了他的肉体。

鹤川开朗的容貌，以及修长的身材，都让人们对他产生好感，如今一切都已失去，这又诱使我对有关人的可视部分进行神秘性思考。我们目之所及的一切东西都在极力行使光明的力量，这是多么不可思议啊。我觉得，精神为了获得朴实的实际存在感，必须向肉体学习多少东西啊！常说禅以无相为体，知道自己的心既无形也无相就是"见性"，但具有洞察无相本质的见性能力，应该对形态的魅力极其敏锐。不能以无私的敏锐洞察形与相的人，怎么可能清晰地看见、清晰地认识无形与无相呢？像鹤川那样，只要存在就能发光的人，而且目可视、手可触的人，即可以称之为为生而生的人，如今已经失去了。他的清晰的形态就是不清晰的无形态的最明确的比喻，他的实际存在感就是无形的虚无最实在的模型，他本人不过就是这种比喻而已。例如，他与五月的鲜花很相似、很相配，这是因为他在五月突然死去，他才与投在他灵柩上的五月的鲜花相似、相配。

无论如何，我的生缺少鹤川的生那样坚实的象征性。也因为如此，我需要他。而最让我嫉妒他的是，他的生活方式中竟然没有一丝一毫我那样的独特性，或者说担当独特使命的意识。而正是这种独特性剥夺了生的象征性，即可以把他的人生比喻为其他东西那样的象征性，所以也就剥夺了生的扩展性和连带感，独特性成为无处不在的孤独的本源。奇怪的是，我甚至与虚无都没有连带感。

※

我又开始感到孤独。后来我没有见过那个房东姑娘，和柏木也不像以前那样过从甚密。因为我觉得，虽然我仍然能强烈感受到柏木生活方式的魅力，但多少有所拒绝、多少有所并非出于本意的疏远，才是我对鹤川的追悼。我还给母亲写信，明确告诉她"我自立之前，请你不要来看我"。虽然以前我口头上对她这样表达过，但觉得还是要用书面的形式，以强烈的语气再次告诉她，否则我无法安心。母亲的回信啰啰唆唆，写了一通忙于帮助伯父干农活的状况，还有说教式的一堆文字，但最后加了一句话："看到你当上鹿苑寺的住持，我才死而瞑目。"我十分憎恨这句话，之后好几天，这句话令人惴惴不安。

整个夏季，我没有去母亲的寄居处看望她。穷困的伙食让这个夏天变得难以忍受。九月十日以后，有一天，天气预报说可能会有强台风袭击。金阁需要人值班，我表示愿意，结果就选中了我。

从那个时候开始，我对金阁的感情产生了微妙的变化。说不上憎恨金阁，但预感到我内心逐渐萌生的某种情绪肯定总有一天会变成与金阁格格不入的事态。从去龟山公园那一天开始，这种感情就已经显现，但是我害怕给这种感情取一个名字。不过，我可以值班一个晚上，一整夜的金阁都属于我，还是令我高兴到喜形于色。

我拿到究竟顶的钥匙。究竟顶是金阁的第三层，尤为尊贵，楣窗①上悬挂着后小松帝②的御笔匾额，匾额离地四十二尺之高，高尚优雅。

收音机不停地广播台风接近的消息，而天空却毫无迹象，午

---

① 楣窗，天花板与门楣之间安装有格子或镂空雕版的部分，兼有采光、通风、装饰的功能。
② 后小松帝（1377—1433），即后小松天皇，第一百代天皇。后圆融天皇第一皇子。1382年接受父亲的让位，成为天皇。后出家。

后一场阵雨，雨霁放晴，晚上则升起一轮皓月。寺院的人们走到庭院里观看天空，议论说这是暴风雨来临之前的宁静。

夜深人静。金阁里只有我一人。我坐在月光照不到的地方，感觉自己被包裹在金阁凝重豪华的黑暗里，身心恍惚，这种现实的感觉逐渐浸透我的内心深处，直接化为幻觉。我猛然发现，如今我切切实实地处于在龟山公园时将我从人生中隔离出来的那个幻影里。

我独自一人，绝对性的金阁包围着我。可以说金阁属于我，也可以说我属于金阁，还是说从中产生了罕见的平等呢？我即金阁、金阁即我的状态是否成为可能呢？

晚上十一点半左右，风声骤起。我打开手电筒，登上楼梯，用钥匙打开究竟顶的门扉。

我倚靠在究竟顶的栏杆上。刮的是东南风，天空尚无变化。月光在镜湖池的水藻间明媚耀眼，虫声一片，蛙鸣喧闹。

当第一阵强风正面刮过我的脸颊时，我浑身的肌肤产生了可以说是官能性的战栗。我感觉出现了强风无限增强、变成劫风，并要将我连同金阁一起掀倒的迹象。我的心既在金阁里，也在风之上。规范着我的世界构造的金阁，没有在风中飘摇起帷幔，依然泰然自若地沐浴着月光。但是，风，以及我凶恶的意志，肯定会动摇金阁、惊动金阁，在掀翻金阁的瞬间夺去它桀骜倨傲存在

的意义。

对。那个时候，所有的美都包围着我，我处在美的中心，但是，我怀疑，如果没有无限增强的凶猛暴风意志的支持，我能这样被完美无缺的美包围吗？正如柏木用"结巴！结巴"激励我一样，我也试图鞭笞暴风，用吆喝骏马般的语言呼喊激励风。

"风啊，更强有力吧！刮得更强吧！来得更猛烈些吧！来得更强劲些吧！"

森林开始喧嚣。池边的树枝互相碰撞。夜空失去平静的蓝色，浑浊成浓郁的青灰色。虽然虫鸣依旧稠密，但风声卷荡着四周，尖厉嘶啸，如神秘的笛声从远处飘忽近来。

我看见无数的云朵从月亮前面飞掠而过，千军万马般的云朵从南往北、从群山后面接连不断地压将过来。有厚厚的云层，也有薄薄的淡云；有大片的连云，也有细小的碎片。漫天的云朵从南面涌上来，从月亮前面掠过，覆盖在金阁的屋顶，像焦急赶去做什么大事一样，急急忙忙地向北飞奔而去。我仿佛听见头顶上金凤凰的叫声。

忽然间风声骤停，紧接着又呼啸起来。森林敏锐地竖起耳朵，时而宁静，时而喧嚣，而池水里的月影也随之忽暗忽明，时而泛动散乱的光影，从水面上一扫而过。

层峦叠嶂上盘踞着厚重的积云，如一只张开的巨手，覆盖着大片天空，簇拥着、翻滚着、挤压着，逼近前来，其势汹涌澎湃。刚才还能在云层的缝隙中透出点光亮的半空，也迅速被浓云遮挡。然而，在薄云穿过的时候，还能透过云层隐隐约约地看见勾勒出朦胧光轮的月亮。

　　整个晚上，天空就是这样的动荡不安。但是，风并没有继续增强。我躺在栏杆下面睡着了。第二天一大早，寺院里干杂活的老头把我叫醒了。天空晴朗，他对我说谢天谢地，台风已离开京都市。

第六章

我在心中为鹤川服丧了将近一年。我再次认识到：一旦开始孤独，我会立即适应，几乎可以不和任何人说话，这样的生活对我来说根本无须努力就能做到。对生的焦躁感离我而去，死一般的日子让我心情愉快。

学校图书馆成为我唯一的乐园，在那里我不看有关佛教的书，只是阅读随手找到的翻译小说、哲学之类的书。我不便在这里列举这些作家、哲学家的姓名，因为我承认，我多少受到他们的影响，这成为后来我的行动的原因。但是，我相信行为本身是我的独创，我不喜欢把自己的行为归咎于某种现有哲学的影响。

从少年时代起，我就不被人理解，这成为我唯一的骄傲，我不具有可以让别人了解自己的表现冲动。我试图无须任何斟酌考虑地明晰表现自我，但这是否来自想理解自我这个冲动呢？对此我表示怀疑。因为这种冲动会依照人的本性主动在与他人之间架起沟通的桥梁。金阁之美给予我的陶醉，使我的一部分变得不透明起来。因为这个陶醉夺走了我身上其他所有的陶醉，为了与其对抗，我必须以我的意志确保明晰的部分。这样，别人怎么样姑且不论，但对我来说，明晰才是真正的自我，反过来说，我并不是明晰的自我的主人。

……这事发生在进入大学预科后的第二年，昭和二十三年的春假。一天晚上，老师也不在寺里，难得的自由时间，我没有朋友，便独自出门散步。出了寺院，穿过山门，绕着山门外的沟渠散步，在沟渠旁边看见立着一块告示牌。

这块告示牌早已司空见惯，本没有什么，但今天我借着月光，回过身仔细阅看贴在古旧的告示板上的文字。

注意事项

一、未经允许，不得擅自变更外观现状。

二、不得从事其他对保护文物造成影响的行为。

请各位遵守上述规定，若有违法者，依国法予以处罚。

昭和三年三月三十一日　　　　　　　　　　　内务省

这张告示的内容显然是针对金阁的，但是，抽象的语句不知道在暗示着什么，我只知道，不变不坏的金阁之身屹立在与这块告示牌完全不同的地方。那么，告示牌应该是预见到了某种不可理喻的行为或者是不可能的行为，立法者因为无法概括这些行为而感到困惑。为了处罚只有疯子才能策划的行为，事先应该如何吓唬、警告犯人呢？于是，就有必要使用只有疯子才能看得懂的文字出示布告……

就在我胡思乱想的时候，有人从山门前的大路上朝这边走过来。白天的观光客都已经离去，周边的夜色里，只有月光下的松树和远处电车道上来来往往闪烁的车灯。

我认出来那个人影就是柏木，是从走路的姿势知道的。我把这漫长的一年里故意与他疏远的事情搁置一旁，心头涌现出来的只是他曾经解除我人生自卑的感谢之情。是的，从我第一次见到他那一天开始，他就用那一双丑陋的O型腿、肆无忌惮地伤害我的语言、坦诚的自白治愈了我残疾的自卑。应该是从那个时候，我第一次感受到能够以同等的资格与别人对话的喜悦。我感受到沉溺在和尚与结巴这切实的意识底层所产生的类似干坏事般的喜悦。反之，我在与鹤川的交往中，上述的所有意识经常被抹掉。

我笑着迎接柏木。他身穿制服，手里拿着细长的包袱。

他问道："你是要出去吗？"

"不……"

"能见到你，太好了……"他坐在石阶上，解开包袱，里面是两管泛着暗淡光泽的尺八，"前些日子，我老家的伯父去世了。他遗物中的尺八，我收下来作为纪念。其实，我以前向他学习尺八的时候，他就送给我一个。这个遗物的尺八好像很名贵，可是我已经吹惯了原先那一个。现在手头有两管，拿着也没用，所以想把这一管送给你。"

还从来没有人送给我东西，所以我心里很高兴。我拿在手里观看，原来前面有四孔，后面有一孔。

柏木接着说道："我学的是琴古流派①。难得今晚风清月白，我想在金阁吹上一曲，所以就来了。顺便也可以教你……"

"今天这时候正好，老师出门不在寺里，打杂的老头干活偷懒，现在还没有扫完地。要是打扫完毕，金阁就关门了。"

柏木的出现很突然，他提出想趁着良宵月色在金阁上吹尺八的要求也是事出突然，这一切都违背了我所知道的柏木形象。不过，对于我单调的生活来说，让我感到惊讶本身就足以高兴。于是，我手拿他送给我的尺八，带他上了金阁。

我已经记不清楚当晚我和他都谈了些什么，大概都是无关紧要的话吧，他那天根本无意谈论平时挂在嘴边的有关哲学的奇谈

① 琴古流派，尺八的流派之一。江户中期，由黑泽琴古创建。另一个大流派是都山流派。

怪论和充满毒素的异端邪说。

也许他那天晚上来就是为了故意显示我想象不到的他的另一面。仿佛让我知道，原来这个只会对亵渎美感兴趣的赤口毒舌者还有如此纤细雅致的另一面。其实，他对美的理论认识要比我精细得多，这不是用语言，而是使用身姿、眼神、吹奏的尺八旋律、显露在月光里的额头等等传递给我的。

我们倚在第二层潮音洞的栏杆上。缓缓翘起的宽深屋檐的外廊下方有八个天竺式①的斗拱支撑，延伸出去，逼近月影宿水的池面。

柏木先吹了一支小曲《御所车》②，他的娴熟技巧让我震惊。我也学着他的样子，把嘴唇贴在孔口上，却吹不出声音来。他耐心细致地教给我方法，首先是左手握住尺八的上方，然后把下颌靠在孔口的位置上，贴在孔口上的嘴唇如何张开，再如何轻轻送出去宽幅度的薄如纸片般的气息，等等，让我体会琢磨。我试了几次，还是吹不出声音来。我的脸颊、眼睛都憋着力气吹奏，虽然没感觉轻风般的气息，但池水里的月光在我眼里已经碎成万千乱影。

---

① 天竺式，即大佛式、仿南宋式。镰仓初期，为重建东大寺，引进宋朝的建筑样式，主要特点有斗拱、彩饰屋顶等。
②《御所车》，由端呗（三味线音乐之一）、歌泽（从端呗派生出来的短小歌谣）改编的尺八曲目，表达在早春美景中的恋情。

我疲惫不堪，瞬间突然怀疑柏木会不会为了嘲笑我的口吃故意让我干这样的苦差事。但是，我觉得这种试图把吹不出来的声音慢慢吹出来的肉体努力，是对我平时由于害怕口吃而不能顺畅说出第一个字的精神努力的净化。我相信，还没有吹出来的声音已经确确实实存在于这月光普照的静寂世界的某个角落。我只要经过千辛万苦的努力，最后到达这个声音，把那个声音唤醒就好了。

怎样才能到达那个声音，柏木吹奏出来的那个美妙的声音呢？别无他法，熟能生巧，美就是娴熟，正如丑陋的 O 型腿的柏木能吹奏出优美悦耳的音色一样，我也完全可以通过纯熟的技巧达到这个境界，这个想法给予了我勇气。可是，我又产生另外的想法，柏木的《御所车》听起来之所以那么悠扬婉转，难道不正是因为在这样的月色背景下有那么一双 O 型腿吗？

随着我对柏木的了解越来越深入，我知道他讨厌永恒之美。他喜欢的只是瞬间消失的音乐、数日枯萎的插花，憎恨建筑和文学。他到金阁来，肯定也是为了寻求月光下的金阁的瞬间之美。但是，音乐之美是何等美妙！吹奏者所创造的短暂之美，将一定的时间变成纯粹的持续，而且确切地不再重复，犹如阳炎游丝般短命的生物，是对生命本身的完全扭曲和创造。没有比音乐与生命更相似的了，同样是美，没有比金阁看似更远离生命、更侮蔑生的美了。当柏木吹奏完《御所车》的瞬间，音乐，这个虚构的生命就此死亡，只有他丑陋的肉体和阴暗的认识没有受到丝毫的损伤，没有任何变化地继续留在那里。

柏木向美索求的东西的确不是慰藉！他没告诉我，但我明白。他的嘴唇对着尺八的歌口吹进去的气息很快就在空中创造出美，之后，他热爱的是——自己的 O 型腿和阴暗的认识比以前更加鲜明地残留下来的状态。柏木热爱的只是美的无益，是美通过自己的体内变得无影无踪，是美绝对不会变成任何别的东西……柏木之所爱仅是如此。如果美对于我也是这样的话，我的人生将会变得多么轻松啊。

……我听从柏木的指导，认认真真、不厌其烦地反复练习，弄得满脸通红，气短喘息。就在这时，我好像变成一只鸟，从我的咽喉发出一声啼叫一样，尺八终于发出一声粗犷的声音。

"好的！"

柏木笑着叫起来。

虽然不是优美的声音，但同样的声音接连发出来。此时，我由这并不认为是我吹出来的神秘的声音，幻想着头顶上金凤凰的声音。

※

从此以后，我每天晚上都按照柏木给我的自学练习本苦练本领，努力提高水平。到后来我能吹出《白地染红日》时，我们的关系又恢复到以前那样的亲密程度。

五月，我心想收了柏木的尺八之礼，应该予以回赠表示谢意。可是我没有钱，便很坦率地告诉他，他回答说"我不要你花钱的礼物"，接着奇怪地歪了一下嘴角，说道："是这样的。既然你有这一番心意，我也有想要的东西。最近我想插花，可是鲜花很贵啊。我看金阁盛开着很多鸢尾花、燕子花等。你能不能给我弄四五枝燕子花，带花蕾的也行，刚刚绽开的也行，全开的也行，还有六七枝木贼草。今天晚上就想要。你能送到我的住处里来吗？"

我也没多想，很痛快地轻轻点点头，后来我才意识到这是指使我当小偷啊。可是，碍于面子，我也只好当一回偷花贼。

晚饭吃的是面食，又黑又沉的面包，加一点炖菜，仅此而已。幸亏今天是星期六，从下午开始"除策"①（免除"警策"②之意），该出去的人都出去了。今晚是"内开枕"，可以早睡，外出可以到十一点，第二天可以"寝忘"，就是允许睡懒觉。而且老师自己已经出去了。

下午六点半过后，天色开始昏暗下来。起风了。我等待着

---

① 除策，坐禅时可免除香板警策。坐禅无须盘腿。
② 警策，坐禅时，用香板敲击打瞌睡或者不专心的弟子。香板是扁长形的木板，状如宝剑，上面刻有"警策""精进"等字样。禅宗僧侣用它来维持寺院坐禅时的秩序。

初夜①的钟声，一到八点，中门左侧黄钟调②的黄钟敲响了十八下，雄浑洪亮的声音久久回荡，余韵悠扬。

金阁钓殿漱清旁边，莲花塘的水注入镜湖池，有一个小落水口，半圆形的栅栏把落水口围起来。这一带长着一丛丛燕子花，这几天花儿盛开，甚是美丽。

我走上前去，燕子花丛在夜风中沙沙作响。高处的花瓣在柔和的水声中微微颤动。这一带夜色尤深，紫色的花、浓绿的叶子，看上去都是漆黑一团。我想折取两三枝燕子花，但花和叶子随风摇摆，我一时没有抓住，而且一片叶子还把我的手指划破了。

当我抱着木贼草和燕子花来到柏木住处的时候，他正躺着看书。我担心会碰上房东家的姑娘，不过她好像不在家。

小小的偷窃行为，让我产生快感。和柏木在一起，他总是让我做小小的背德、小小的亵渎圣灵、小小的罪恶行为，这一切都使我产生快感。但是，我不知道，随着这种罪恶的分量逐渐增大，快感的分量也会随之无限制地增长吗？

柏木非常高兴地接受了我的礼物，然后到房东太太那里借来水盘、水中剪枝用的水桶等插花工具。房东家是平房，他住在与主房分开的四叠半榻榻米房间里。

①初夜，戌时。二十点左右。
②黄钟调，雅乐中的六调之一，以黄钟为基音。

我取过他竖立在壁龛里的尺八，把嘴唇贴在歌口上，吹奏小练习曲，感觉吹得还不错，让回来的柏木大吃一惊。但是，今天晚上的柏木不是去金阁那一天的柏木了。

"你吹尺八，一点儿也不结巴啊。我就是想听结结巴巴的曲子，才教你尺八的，可你……"

这一句话把我们拉回到第一次见面时的同等位置上来。他找回了自己的位置。于是，我也就能够轻松地询问他那个西班牙风格洋房的小姐的情况。

"哦，那个女人啊？早就结婚了。"他只是简单地回答，"我手把手地教她怎么才能把非处女蒙混过关，她的丈夫是个老实人，好像过得很不错嘛。"

他一边说一边把浸在水里的燕子花一枝枝取出来，端详着，然后把剪刀放进水里，在水中剪切花茎。他手中燕子花的花影在榻榻米上剧烈摇动。

接着，他忽然说道："你知道《临济录》的《示众》篇里的那句名言吗？'逢佛杀佛，逢祖杀祖'……"

我接下去说："……'逢罗汉杀罗汉，逢父母杀父母，逢家眷杀家眷，始得解脱。'"

"对。那个女人就是罗汉。"

"这么说来，你解脱了吗？"

"嗯。"柏木把剪好的燕子花摆放整齐，边看边说，"不过，杀的方法还不够。"

水盘里的清水透彻见底，能明晰地看见水盘内面涂抹的银色。柏木耐心地将剑山弯曲的针尖修好。

我无事可做，继续说下去："你知道《南泉斩猫》这个公案吧？终战那一天，老师把大家集中起来给我们讲解。"

"《南泉斩猫》吗？"他一边比照木贼草的长度，妥当地插在水盘上，一边说道，"那桩公案啊，在人的一生中，它会改变各种形态，多次显现出来。那是令人不寒而栗的公案哦。每次在人生的转折点遇上，同一个公案的形态和意义都会发生变化。南泉和尚斩杀的那只猫其实居心叵测。那只猫很漂亮，你知道吧，美得无法形容。金色的眼睛，毛色光泽明亮，那娇小柔软的身体，仿佛这世界上所有的舒适和美色都如弹簧一样弯缩藏在里面。除了我，几乎所有人都忘记了注释：猫是美浓缩的精华。但是，那只猫突然从草丛中跑出来，两眼闪烁着狡黠的亮光，好像故意似的让人抓住，这就引起两堂的争吵。为什么呢？因为美可以委身于任何人，但美不属于任何人。美是什么呢？怎么说好呢？美就像蛀牙一样。舌头一碰、一舔，就会疼，它主张自我的存在。到了无法忍受的时候，只好让医生拔掉。将沾满鲜血、茶褐色、污脏的小蛀牙放在自己手掌上的时候，人们难道不会这么说吗？'就是这个啊？原来就是这个东西啊，给我带来疼痛，让我时刻知道它的存在，而且在我的体内顽固地深深扎根的东西，现在不过是死亡的物质。但是，那个与这个是一样的东西吗？如果这个原本存在于我的外部，那它究竟通过什么样的关系与我的体内结合，成为我的疼痛的根源呢？它存在的根据又是什么呢？这个根据在于我的体内吗？还是在于它自身呢？但无论如何，我把它拔出来，放在我的手掌上，它就绝对是一种别的东西。绝对不是那个。'你明白了吧？所谓美就是这样的东西。所以斩猫就像是把疼痛的虫牙拔掉，把美挖出来一样，但这样做是否是最后的解决方法，就不得而知了。美不会根绝，因为即使猫死了，猫的美也不会死。赵州正是讽刺这种简单的解决方法，才把鞋顶在头上。就是说，他知道，除了忍受牙痛，没有其他的解决方法。"

这个解释实在不像柏木独特的思考，倒像是他借这个话题，看穿我的内心，嘲讽我的束手无策。我第一次真正感觉到柏木的可怕。但就此沉默不语也让我害怕，于是索性继续问道："那么你属于哪一边？是南泉和尚，还是赵州呢？"

"怎么说呢？哪一边呢？目前我属于南泉，你是赵州，但总有一天，也许你会变成南泉，我会变成赵州。因为这桩公案就是变化无常的啊。"

柏木一边说话，一边灵巧地摆弄插花工具，将生锈的小型剑山摆放在水盘里，先将挺拔的木贼草并排插上去，然后配以三枚叶子的燕子花，逐渐形成观水型流派的插花。水盘旁边还堆放着一些清洗洁净的白色、褐色的雅致小卵石，以便最后摆放上去。

他的确心灵手巧，插花过程中每一次都能及时做出决断，准确完整地体现对比、均衡的效果，将自然植物的固有旋律直接移植到外观幽雅艳丽的人工秩序里。天然的花与叶，立即变化成艺术性的花与叶，木贼草、燕子花就不再是像它们同类的植物那样寂寂无名，柏木通过简洁凝练的直叙手法将木贼草的本质、燕子花的本质袒露、呈现出来。

但是，他的手的动作也有残酷性。他的动作似乎表现出自己对植物具有厌恶的阴暗的特权。不知道是否这个缘故，我每次听到他用剪刀剪断花茎的声音时，总是仿佛看见花枝在滴血。

观水型流派的插花完成了。水盘右边木贼草的直线与燕子花绿叶的优柔曲线典雅交错，一朵花儿已经吐放，另外两朵蓓蕾欲绽。这一盘插花几乎占满了小小的壁龛，水影幽静，掩藏剑山的小卵石演绎着澄净剔透的水边风情。

"太漂亮了。你是从哪里学的？"

"这附近有一位插花师傅，我向她学的。她大概很快就会过来的。我和她交往的过程中，就学会了插花，到现在这样能够独立完成以后，我也就对插花厌腻了。这位师傅很年轻很漂亮，好像战争时期，她和一个军人相好，怀了孕，可是孩子是个死胎，军人也战死了，后来沉迷于男色。这女人有点小财产，教人插花好像只是她的爱好而已。要不你今天晚上带她出去玩玩，上哪儿她都会去的。"

……这时，袭上心头的是一种错乱的感动。当年我从南禅寺山门上看见她的时候，鹤川在我身边，三年后的今天，通过柏木的眼睛这个媒介，她的幻影又浮现在我眼前。她的悲剧曾经被我以明亮的神秘的目光看过，而如今又将被我不相信一切的阴暗的目光所窥视。当然，确凿无疑的事实是，当年我从远处见过的皎洁月色般的酥胸已经被柏木抚摸过，当年包裹在华美长袖和服里的膝盖已经被柏木的 O 型腿接触过。她已经被柏木，或者是柏木的认识玷污了。——这无须怀疑。

这种情绪让我心烦意乱，感觉无法继续待下去，但是好奇心把我拖住。我甚至认为她是有为子的转世，如今又被残疾的学生抛弃。我急切地盼望她的出现。我忽然倾向于柏木，陷入了一种记忆的错觉，仿佛是用自己的手玷污了那个女人，不由得一阵喜悦。

……她来了。我的心却波澜不惊。我至今依然记忆犹新。她略带沙哑的声音、她彬彬有礼的举止、她娴雅温和的谈吐，但尽管如此，她的眼睛闪烁着粗野的神色，她虽然顾忌我在场却依然冲着柏木抱怨……我这才明白，原来今晚柏木把我叫来的目的，就是利用我作为他的保护墙。

这女人与我的幻影没有任何关联。她给我留下的只是今天初次见面的、另一个女人的印象。她文雅的举止谈吐逐渐失态。她对我瞧也不瞧一眼。

女人终于无法忍受冷遇的对待，似乎从本想让柏木幡然悔悟的努力中后退一步，装出沉着冷静的样子，环视一遍本来就狭小的房间，眼睛落在几乎占满壁龛的插花上，足足三十分钟后，像是刚刚发现的样子，说道："很漂亮的观水型插花啊。你插得很好。"

柏木好像就等着这句话，立即给予决定性的反击："是吧，插得很好吧。以后就用不着你来教我了。我这里真的没你的事了。"

我看见女人听了柏木这番语气很重的话后脸色大变，连忙移开视线。但是，女人旋即微微一笑，接着端庄地膝行到壁龛近旁。

我听见女人的声音："这是什么啊？这也叫插花！这种东西算什么啊！"

接着，水盘里的水飞溅出来，木贼草散落一地，绽开的燕子花被撕碎，我冒着偷盗之恶辛辛苦苦采摘的花草被破坏得狼藉不堪。我不由自主地站起来，却不知所措，背靠在玻璃窗上。我看见柏木一把抓住女人细瘦的手腕，然后揪住她的头发，给了她一个耳光。柏木这一连串粗暴的动作，实际上与刚才用剪刀剪切花茎时那宁静的残忍没有一丝一毫的差别，完全是那种残酷的延续。

女人双手捂着脸，从房间里跑出去。

我呆若木鸡，张口结舌，柏木抬头看着我，露出一抹异样的孩子般的微笑，说道："喂，你快去追她啊！好好安慰她吧。快去啊！"

也不知道是柏木的语言威力使然，还是自己出于同情女人的本意，我自己也说不清楚，总之立刻拔腿飞也似的跟着跑出去。跑过两三间房子，我追上了她。

这儿是乌丸车库后面的板仓町一带。阴沉的夜空下，电车入库的声音在四周回响，电车线路的淡紫色火花划破黑夜。女人穿过板仓町向东走去，沿着后街边哭边走，我默默地跟在她斜后面。不一会儿，她发现我在她身后，便向我靠过来。她的声音由于哭泣更加嘶哑，却依然极其彬彬有礼地使用谦恭的语言滔滔不绝地数落柏木的种种不良行为。

我们不知道走了多久！

她在我耳边絮絮叨叨地诉说柏木的不良行为，种种卑鄙恶劣行径的细节，但这一切在我耳边回荡的只有"人生"两个字。他的残忍性、阴谋策划的手段、背叛、冷酷、向女人死皮赖脸地索取金钱的各种手法，这一切只能解释为他的一种难以言喻的魅力。

而我，只要相信他对自己的 O 型腿的诚实，这就可以了。

鹤川死后，我久未思考人生，这一次我重新接触到另外一个并非更加薄命的、更加黯淡的生，作为代价只要活着就不断伤害别人的生的行为，从而受到鼓舞。"杀的方法还不够"，他的那一句简明扼要的话回响在我的耳畔，而且心中回忆起终战后在不动山顶面对京都灯火辉煌的街市满怀真诚的祈愿，祈祷"让我的心的黑暗与包裹着无数灯光的夜的黑暗如出一辙"。

女人并不是直接回家，为了和我说话，她在行人稀少的胡同里穿来穿去，没有目的地，好不容易来到她独居的家门口，我不知道绕了多少弯路，也不知道这一带是什么方位。

已经晚上十点半，我打算告别后回寺院去，但是她硬把我拉住，让我进屋。

她先进去，打开电灯，突然这样说道："你有没有诅咒过别人早死？"

我不假思索地回答"有"。说起来实在可笑，就是我一直忘在脑后的那个房东姑娘，我盼望这个我的耻辱的见证人早点死去。

"太可怕了。我也有。"

回到家里，女人随便多了，斜坐在榻榻米上。房间的电灯大概有一百瓦吧，在限制用电的时期，这么亮的度数实在少见，要比柏木房间的电灯亮三倍。明亮的灯光清晰地照见女人的身体，博多丝绸的名古屋腰带白得耀眼，友禅印花绸的和服上鲜艳的紫霞色格外夺目。

从南禅寺的山门到天授庵的客厅的距离，非鸟儿不能渡。但经过数年的时间，我渐渐地拉近了这个距离，今天终于觉得到达终点了。从那时起，我就精心计算分分秒秒的时间，今天切切实实接近到天授庵的神秘情景所意味的本质。我认为必须是这样。当遥远的星光照射过来的时候，地貌已经发生变化，同样，女人的变质也是无奈之事。可以想象，如果当年我在南禅寺山门上看见她的时候，就预见今日的结缘，即使有这些变化，稍加修整就能复原，当年的我和当年的她就可以重逢。

于是我开始讲述，气喘吁吁，结结巴巴，当年的绿树嫩叶重新复苏，五凤楼藻井上的飞天绘画、凤凰重新复活。女人的脸颊泛红，心潮涌动，她的眼睛已经没有了粗野的神色，而是捉摸不定的错乱的目光。

"原来是这样的啊？不，真是这样的吗？这是什么样的奇缘啊。这只能说是奇缘。"

她心潮澎湃，热泪盈眶，这是喜悦的泪水。她忘记了刚才的屈辱，反过来沉浸在回忆的旋涡里，同样的兴奋延续到另一种兴奋里，几乎变得狂乱起来，紫霞色和服的下摆凌乱了。

"我已经没有奶水了。啊，我可怜的孩子！虽然没有奶水，

但是可以让你看，像上一次那样。因为从那时候开始，你就喜欢
上我了。现在我就把你当作那个人。一想到他，我就不觉得羞耻了。
真的，就像当年那样给你看。"

她的语气很坚决，看来是下了决心，看上去像是狂喜过度，
又像是绝望过度。大概她的意识里只有狂喜，而促使她做出如此
剧烈行为的真正力量是柏木给予她的绝望，或者是绝望的强烈黏
稠的后劲。

于是，我看到她解开和服的腰带背垫，解开许多细带，腰带
的丝绸发出窸窣的声音。她的衣领松斜下来，露出隐约可见的白
皙胸脯，她把手伸进去，将左边的乳房捧出来，呈现在我的眼前。

要说我此时没有某种晕眩，那是谎话。我看见了。我很细致
地看了。然而，我不过是一个见证人。我从山门的楼上远远看见
的那神秘的乳白色的一点，并不是今天这样具有一定质量的肉球。
因为当时的印象发酵得太久，所以眼前的乳房变得不过是肉体本
身、一个物质而已。而且还不是一个向人倾诉、对人进行诱惑的
肉体，它只是存在本身无价值的证据，是与生的整体割裂开来的、
一种肉体的暴露而已。

我又打算撒谎了。是的，感觉晕眩确有其事，但因为我的眼
睛细致入微的观察，以至于使其超越了"乳房就是这个女人的乳房"

的认识，逐渐变成毫无意义的片断。

……不可思议的事还在后面，因为经过这一番凄惨的观察过程，最后我的眼睛终于看到了美，美将自己的不毛、无感的性质赋予给乳房，使得乳房虽在我眼前，却逐渐封闭在自身的原理里面，如同蔷薇封闭在蔷薇的原理里面一样。

美对我总是姗姗来迟。比别人来得晚，比别人同时发现美与感官刺激的时候要晚得多。转瞬之间，乳房恢复了与整体的关联。……超越肉体……变成无感觉然而不朽的物质，变成通往永恒的东西。

希望人们能体谅我的感受。金阁再次出现在我眼前。其实不如说，乳房的形态变成了金阁。

我想起初秋在金阁值班那个台风的夜晚。即便是在月光如水的夜晚，金阁的内部，那密椴吊窗的内侧、格子门的内侧、金箔剥落的天花板下面，到处都沉积着厚重奢华的黑暗。这很自然。因为金阁本身不过就是一个精心建构、精心造型的虚无。所以，我眼前的乳房，表面上闪耀着肉体明媚亮堂的辉煌，其实它的内部同样充满黑暗。其实质就是同样厚重奢华的黑暗。

我绝不会陶醉于自己的认识。不如说认识被我蹂躏、被我侮蔑。生和欲望更是如此！……然而，深度的恍惚感不肯离我而去，就像暂时的麻木一样，我和裸露的乳房久久相对。

…………

于是，我又看见将乳房放进怀里的女人那极度冷漠蔑视的眼光。我向她告辞。她将我送到大门口。我听见身后传来使劲关上格子门的响声。

——回到寺院之前，一路上我一直处在恍惚感之中。乳房和金阁在心中交替出现。我浑身充满了虚脱的幸福感。

但是，当我看见风中呼啸的黝黑松林后面的鹿苑寺正门时，我的心逐渐冷静下来，无能为力占了上风，陶醉的心情变得厌恶，说不上对什么人的憎恨积压在心头。

"我又要被隔绝于人生之外！"我自言自语，"又要被……金阁为什么要这样保护我？我并没有请求你。为什么要把我隔绝于人生之外？也许金阁要把我拯救出来，免得我堕入地狱。这样的话，金阁就把我变成了一个比堕入地狱更坏的人，即'比任何人都更通晓地狱消息的人'。"

大门漆黑一团，静如死水。只有耳门还点着一盏幽暗的灯火——这个灯火在早晨鸣钟时熄灯。我推开耳门。门内吊着重物的生锈旧铁锁发生响声，门便打开了。

看门人已经入睡。耳门的内侧贴有一张内部规定：晚上十点以后，最后一名归山者负责锁门。不过，还有两块姓名牌没有翻过来，一块是老师的，另一块是老年男仆的。

没走多远，只见右面的建筑工地上横放着几根五米多长的木料，在夜色里也泛着木材明亮的色泽。走近前去，满地都是锯末，像是黄花凋落铺满一地，黑暗中飘溢着木头的清香。我打算从建筑工地尽头的辘轳井旁边走到厨房，但一转念又返回来。

睡觉之前必须再看一眼金阁。我离开夜深人静的鹿苑寺正殿，从格子门前面走过，走上通往金阁的道路。

金阁开始映入眼帘。树林的沙沙喧闹围裹着金阁，夜的黑暗笼罩着金阁，但是金阁纹丝不动，没有睡去，巍然屹立，如同黑夜的护卫者。……对了，我从来没有见过金阁像酣睡的寺院那样沉沉睡去。这座建筑没人居住，所以可以忘却睡眠。居住在金阁里的黑暗完全无视人类的法则。

我有生以来第一次以近乎诅咒般的语调对着金阁粗野地呼喊：

"我总有一天要掌管你。你总有一天要归我所有，再也不能来妨碍我！"

我的声音在空荡荡的深夜镜湖池上回响。

第七章

总而言之，我的经历有一种偶然的巧合在起作用，感觉就像一座镜子的迷宫，一个影像会一直延续到无限的深处，遇到一个新事物时，过去见过的事物的影子会清晰地反射在新事物里，在这种相似影像的诱导下，我不知不觉地走进迷宫深处，进入深不见底的最里面。命运，并非和我们不期而遇。日后应被判处死刑的人，都会将他平时走路时遇到的电线杆、火车道口描绘成绞刑架的幻影，应该对这种幻影产生一种亲切感。

　　可是，我的经历里没有积累的东西。它们没有积累成为地层，形成山岭的厚重。除了金阁，我对所有的事物都没有亲切感，对自己的经历也没有特殊的亲近感。我知道，在这些经历中，有未被黑暗的时间海洋完全吞没的部分，有尚未陷入毫无意义的无休止循环的部分，这些小部分的连锁正在逐渐形成某种可怕的不吉利的画面。

　　那么，这一个个小部分又是什么呢？我时而也这样思考。但是，这些闪光的散乱的断片，比道路边闪光的啤酒瓶碎片更缺少意义、缺少规律性。

不过，也不能认为这些断片过去曾经形成过完美的形态，现在只是过去完美形态的摔落破碎。因为这些毫无意义、缺少规律性的碎片虽被世人无情地抛弃，变得如此惨不忍睹，但看上去它们依然都有着对自己未来的梦想。虽然只是卑微的碎片，但都无所畏惧地、令人惧怕地、沉着冷静地……憧憬着未来！憧憬着绝不会彻底复原的、被人弃之不顾的、前所未有的未来！

这种含糊的反省给予了我某种与自己不相称的抒情式的亢奋。每当这种时候，如果又恰逢风清月朗之夜，我就会携带尺八，在金阁边上吹奏一曲。现在，柏木吹奏的那首《御所车》，我不看乐谱也能吹奏了。

音乐如梦，而有时又与梦相反，似是一种更确切觉醒的状态。我思考，音乐到底属于哪一种呢？不管怎么说，音乐有时具有可以逆转这两种相反东西的力量。我吹奏《御所车》的时候，有时会轻易地化身为这首曲子的旋律。我体验到自己的精神化身为音乐的乐趣。与柏木不同，音乐的的确确是我的一种慰藉。

……吹完尺八，我经常沉思，金阁为什么不谴责、不阻扰我的这种化身，而予以默认呢？另一方面，当我想化身为人生的幸福和快乐的时候，金阁为什么每一次都不放过我呢？每一次都立刻遮挡我的化身，让我还原为我自己，这难道就是金阁的做法吗？

为什么金阁只允许我可以陶醉、忘情于音乐呢？

……这么一想，仅仅要得到金阁的允许这一点就足以使音乐的魅力减弱。因为既然得到金阁的默认，音乐再怎么与生相类似，也只是架空的生的赝品，即便我化身为这样的生，这样的化身也只是短暂的。

请大家不要以为我经过女人和人生的两次挫折后，就变得意气消沉、畏缩不前。昭和二十三年岁末之前，我有过几次机会，加上还有柏木的引导，我都无所畏惧地去做了，但总是落得同样的结果。

金阁总是站立在女人与我、人生与我之间。这样一来，只要我伸手一碰想抓住的东西，它们就立即化为灰烬，我对未来的展望也化为沙漠。

有一次，我在厨房后面的地里干活的时候，曾看见蜜蜂飞到夏菊的黄色小花上。阳光普照，蜜蜂扇动着金色的翅膀嗡嗡飞来，它在众多的夏菊黄花中，只选中一朵，在它上面盘旋飞翔。

我变成蜜蜂的眼睛观察。菊花纯洁无瑕，绽放着黄色的完美的花瓣。它就像小金阁一样美丽，像金阁一样完美，但是，它绝不会变成金阁，归根结底只是一朵夏菊的鲜花。对，这就是千真万确的菊花，一朵菊花，最终只是不包含任何形而上的暗示的一

种形态。正因为它保持如此适度的存在，才能洋溢出诱人的魅惑，合乎蜜蜂的欲望。在无形的、飞翔的、流动的、狂乱的欲望面前，隐身于被视为对象的形态里生活，是多么神秘啊！形态逐渐变薄，仿佛要破裂，颤动不已。这也应该如此。菊花完美的形态是模仿蜜蜂的欲望形成的，这种美的本身就是对着预感而绽放，所以，现在才是形态的意义在生中真正璀璨闪耀的瞬间。只有形状是无形流动的生的铸模，同时，无形的生的飞翔是世间所有形态的铸模。……蜜蜂钻进花蕊里，浑身沾满花粉，陶醉沉迷。我看见，菊花接纳了蜜蜂，它自己仿佛也变成了披着豪华黄金甲的蜜蜂，整个身子在剧烈颤动，仿佛要离开花茎冲上天空飞翔。

我看着这阳光，以及在阳光下发生的这种生态活动，几乎感到晕眩。我的眼睛忽然脱离蜜蜂的眼睛，还原为我的眼睛，这时我的眼睛所看见的正好是金阁的眼睛所在的位置。因为当我脱离蜜蜂的眼睛，还原为我的眼睛时，生就向我逼过来。在这一刹那，我脱离我的眼睛，将金阁的眼睛变为自己的眼睛。这个时刻，金阁就在我与生之间出现。

……我还原了我的眼睛。蜜蜂和夏菊在茫漠空渺的物质世界里只是处在"被排列"的位置上。蜜蜂的飞翔、菊花的摇曳与风的吹拂没有任何不同。在这个静止的冰冻的世界上，一切都是同等资格的，流淌出那么多诱人魅惑的形态已经死去。菊花并非通过形态，而是通过我们笼统称之为"菊花"的这个名字，通过约定而呈现美。我不是蜜蜂，所以不会被菊花诱惑；我不是菊花，所以不会被蜜蜂恋慕。所有形态与生的流动之间的那种亲和已经消失。世界被抛弃在相对性中，只有时间还在流动。

当永恒、绝对的金阁出现，我的眼睛变成金阁的眼睛时，无须赘言，世界就是这样发生了变化，而且在这个变化的世界里，只有金阁保持形态，独占美，其他的一切都化为尘埃。自从那个娼妓踏进金阁的庭院里，还有就是鹤川的突然死去，我心中反复思考这个问题：尽管如此，行恶是可能的吗？

※

昭和二十四年正月。

由于星期六的"除策"，我去了"三番馆"①这样的廉价电影院看电影，散场以后，我独自去好久没去的新京极②闲逛。在熙熙攘攘的人群中，猛然间看见一张熟悉的面孔，但一时想不起来是谁，他就被人流挤到我的身后，消失在人堆中。

他头戴软礼帽，身穿高档大衣，围着围脖，带着一个身穿锈

①三番馆，新片首映的电影院叫"封切馆"，晚一两周第二轮上映的叫"二番馆"，第三轮上映的叫"三番馆"。
②新京极，京都市的繁华街。

红色大衣的女人，一看就知道是艺伎。这个男人有一张胖乎乎的红润的脸，具有一般中年绅士不常见的那种异样的婴儿般的清洁感，高鼻梁……这不就是老师的面部特征吗？因为他戴着软礼帽，我一下子没认出来。

虽然我问心无愧，可反而是我害怕被老师看到。因为这样我就会成为老师私人微服出行的目击者、见证人，无言之间结下信赖或者不信赖的关系，所以我瞬间就想到了回避。

这时，一条黑狗在正月之夜摩肩接踵的人流中穿来穿去。这条长毛狮子狗好像很习惯在人群中穿行，在华美艳丽的女大衣之间，还有在穿军大衣的人们的脚边，机灵地来回穿梭，还跑到好些商店前面转悠。它在圣护院八桥[①]糕点老铺前闻来闻去。在店铺的灯光映照下，我才看清它的脸，有一只眼睛溃烂了，一堆眼屎和血污像玛瑙一样挂在眼角，另一只健全的眼睛紧盯着地面。背上有伤疤的地方的长毛拧成一团硬毛，格外显眼。

我不知道为什么这条狗引起我的关注。大概狗觉得这繁华的街道与自己的日常是两个完全不同的世界，所以固执地流连于此，到处游逛吧；而我也许正因如此被这样的狗所吸引了。狗行走在只有嗅觉的黑暗世界里，这与人类生活的街道重叠在一起，狗由于璀璨

---

① 八桥，京都圣护院传统名牌点心，圣护院八桥总店有三百多年的历史，除"八桥"外还制作煎饼等。

的灯光、留声机的歌声、笑声中久久不肯消散的黑暗的气味而深感不安，因为这些气味的秩序更为确切。缠绕在狗的潮湿脚边的尿骚味与人类的内脏、器官所散发出来的些微恶臭非常确切地连接在一起。

严寒的天气，新年已经过去，不过有的人家还没有把门前贺年的门松收起来，有两三个像是做黑市买卖的年轻人揪着这些门松的叶子走过去。他们张开戴着新的皮手套的手互相比赛，有的人手掌上只有几片叶子，有的人手掌上有一根小树枝，他们笑呵呵地走过去。

我不由自主地跟着狗往前走，有时候它的身影消失了，但很快又钻出来，拐进通往河原町通的道路。于是，我来到比新京极稍暗一点的电车道旁边的人行道上。狗不见了。我停下脚步，左顾右盼，走到电车道旁边，寻找狗的踪影。

这时，一辆光泽锃亮的出租车忽然停在我的前面。车门打开，一个女人先上了车，我不由得看过去，接着一个男人也准备跟着上车，就在这时，他一下子发现了我，在车旁呆立不动。

他就是我的老师。我真弄不明白，为什么刚才和老师擦身而过，他和女人转了一圈以后，竟然又在这里碰见他呢？不管怎么说，他是我的老师，已经上车的那个女人穿着锈红色的大衣，这个颜色还留在我的记忆里。

这回躲避已经来不及了，但是我吓得说不出话来，出不了声，话语在嘴里磕磕巴巴地翻腾。我的表情也出乎我的意料，竟然对着老师很不合时宜地微笑了一下。

我无法解释为什么要笑。这个笑容好像来自外面，好像忽然间被贴在我的嘴角。老师看见我的笑容，脸色大变。

"混蛋！你是想跟踪我吗？"

老师一声责骂，斜瞟我一眼，钻进车里，砰的一声关上车门，坐上出租车离去。这时，我一下子醒悟过来，刚才在新京极的时候，老师就已经看到我了。

第二天，我等着老师把我叫去训斥一顿。当然这应该也是我解释的机会。但是，就和上一次我踩踏娼妓的肚子一样，从第二天开始，我又经受不理不睬的放任的拷问。

恰在这个时候，我又接到母亲的来信，结尾还是那句"看到你当上鹿苑寺的住持，我才死而瞑目"。

"混蛋！你是想跟踪我吗？"我越想越觉得老师的这一句责骂很不合适。如果是一个富有幽默感、豪爽磊落的真正的禅僧，就不会对弟子进行这样粗言俗语的恶骂，发出一针见血的警句会更加有效。事到如今，无可挽救，现在想起来，当时老师误解了我，以为我故意盯梢他，最后他的狐狸尾巴终于被我抓住，所以我才流露出嘲笑的表情。我觉得他当时相当狼狈周章，怒上心头，不由自主地骂出脏话来。

无论如何，老师的不理不睬又每天压在身上，令我忐忑不安。老师的存在变成一种巨大的力量，如同在眼前烦人地飞来飞去的蛾的影子。老师出去做法事的时候，按惯例由一两名侍僧陪同，原先副司一定要陪伴，但最近实行所谓的民主化，就由副司、殿司、我，以及另外两名弟子这五人轮流承担。至今仍被人议论的那个啰唆唠叨的寮头被征兵以后死在战场，所以寮头的职务就由四十五岁的副司兼任。鹤川死后，又补充了一名弟子。

正好这个时候，与相国寺系统深有渊源的一座寺院的住持过世，新任的住持要进行"入院"①仪式，邀请老师参加，刚好轮到我陪同。老师没有拒绝，于是我心想一路上可能有机会向他解释。但是，出发的前一天晚上，又追加了一个新弟子作陪，我的期望有一半落空了。

熟悉五山文学②的人，肯定都记得康安元年石室善玖③在京都万寿寺升座时的入院法语④。新住持到达寺院时，从山门开始，经

① 入院，新住持第一次在正殿举行升座仪式。
② 五山文学，镰仓、室町时代，镰仓、京都的五山禅僧创作的汉诗文，为江户时代儒学的发展奠定了基础。
③ 石室善玖（1294—1389），临济宗僧人。元代时，渡海来中国，以松源派之古林清茂为师。返日后，任圆觉寺、建长寺住持，将禅文化导入五山文学，为兴盛五山文学作出重大贡献。
④ 入院法语，新住持举行升座仪式时必须记住的警句或文章，以便深入浅出地向大家讲解佛的教导。

过佛殿、土地堂、祖师堂，最后进入方丈①，每到一处，都要讲述美妙的法语。

住持指着山门满怀激情地表达新任的自豪喜悦的心情：

> 天城九重内，
>
> 帝城万寿门。
>
> 空手拔关键，
>
> 赤脚上昆仑。

开始焚香，举行向嗣法师②谢恩的嗣法香仪式③。过去，禅宗不拘泥于惯例，最重视的是个人省悟的源流，不是老师决定弟子，而是弟子选择老师。弟子不仅接受第一个授业的老师的印可，也接受各方老师的印可，然后将心中认为其中可以做嗣法师的名字在举行嗣法香仪式时通过法语公布出来。

我看着这庄严的焚香仪式，心想要是有朝一日我继承鹿苑寺的住持，也要举行这样的嗣法香仪式，那时，按照惯例，我也要报出老师的名字，心里十分犹豫。也许我要打破这七百年的惯例，

---

① 方丈，寺院内长老、住持的住所。

② 嗣法师，接受传承佛法的法度或方法的人。有可能主持寺院法席，带领僧侣参禅悟道的修行者。

③ 嗣法香仪式，嗣法仪式上举行的焚香仪式。

报出别人的名字。春天的午后，方丈的冷凉、五种香①的香气袅绕、三具足②后面闪亮的璎珞、本尊后背上环绕的光背、在场僧侣们袈裟的色彩……我梦想有一天我在鹿苑寺焚嗣法香。我在眼前这个新住持的形象上描绘自己的形象。

……在那个时候，我大概会在早春凛冽空气的催动下，以世所未见的豪爽的叛逆，践踏这个传统惯例。在场的各个僧侣，一定有的会吃惊得目瞪口呆，有的会愤怒得脸色苍白，我根本提都不提老师的名字，我说出别人的名字。……别人的名字？可是，真正让我悟道的师是谁呢？我真正嗣法的师是谁呢？我支支吾吾。由于口吃的阻碍，我说不出来。大概我是口吃吧。由于我的口吃，大概会把别人的名字说成"美"或者"虚无"吧。这样一来，会引起哄堂大笑，我在大家的笑声中，狼狈周章，呆若木鸡……

——突然梦醒了。老师在这个仪式上有他要做的事，我作为侍僧要予以协助。能够列席这样的仪式，本应是侍僧的荣耀。鹿苑寺住持是当天的主宾。嗣香仪式结束时，主宾要打槌告事——这个"槌"叫作"白槌"，以证明新任的住持不是赝浮图，即不是假和尚。

老师诵念道：

---

① 五种香，五个种类的香料细细切碎后混合在一起，供奉于佛前。
② 三具足，供于佛前的香炉、花瓶、烛台三种法器。

法筵龙象众

当观第一义①

接着重重打槌。槌的响声在方丈激越回荡，让我又一次感受到老师手中权力之灵验。

我无法忍受老师这样无休止的不理不睬。只要我还有一点人的感情，就没法不期待对方也给予我相应的感情，不论这种感情是爱还是憎。

只要一有机会我就对老师察言观色，这成为我没出息的习惯，不过老师没有产生任何特殊的感情。这种无表情连一点的冷漠都没有。即使这种无表情意味着侮蔑，也不是针对我个人，而是针对更普遍的东西，例如什么普遍人性或者各种抽象概念之类的东西。

从这时起，我决定强迫自己想象老师动物般脑袋的形状和最丑陋的肉体行为。我想象他排便的姿势，想象他与那个锈红色大衣女人睡觉的模样，幻想他不再面无表情、对快感失去欲望的那

---

① 典出北宋道原《景德传灯录》卷二十三："筠州洞山普利院第八世住清禀禅师……迎住洞山。开堂日，维那白槌曰：'法筵龙象众，当观第一义。'师曰：'好个消息，只恐汝错会。'"此句意为"维那白槌"说："主持佛法讲席的高僧太多了。我要听掌握了'第一义'的高僧的宣讲。"法筵，指僧人讲说佛法的坐席。龙象，本指阿罗汉中修行勇猛、有最大能力者，后用以比喻高僧。

种似笑似苦的表情。

他的光滑柔软的肉体与同样光滑柔软的女人的肉体融合在一起，两具肉体几乎无法分辨；老师肥胖的肚子与女人肥胖的肚子互相挤压在一起……但是，奇怪得很，不论我如何调动最大的想象力，老师的无表情总是直接与排便、性交这样的动物性表情连接在一起，中间没有任何别的东西填补进去。日常细腻感情的色彩并不像彩虹那样将其连接，而是一个变成一个、极端变成极端的改变。若要说二者那刹那间的连接，那刹那间给予我的线索，其实仅仅就是"混蛋！你是想跟踪我吗"那一声卑俗粗暴的呵责。

我想，也想腻了；我等，也等烦了。最后我成了无法自拔的某种欲望的俘虏，就是想清晰地捕捉一次老师憎恶的面孔。我心血来潮，终于想出一个计谋，这是一个既疯狂又幼稚的计谋，而且首先明摆着会给自己带来不利，但是，我已经无法克制自己。我甚至不顾这个恶作剧般的计谋会反过来导致老师加深对自己的误解。

我到学校，向柏木打听店铺的地点和店名，他什么也不问，就直接告诉我。当天，我立即到这家店去，看到许许多多明信片大小的祇园名妓的照片。

女人的脸蛋经过人为化妆，看上去几乎一模一样，但如果端详，就会从色彩的浓淡发现其中微妙的性格差异，透过白粉与胭脂涂

抹的相同的假面，阴暗与明亮、出色的智慧与美丽的愚蠢、忧郁的苦脸与无尽的开朗、不幸与幸福，我看到活生生的多姿多彩的色调。我终于选中其中的一枚。这张照片在店里亮晃晃的灯光反射下，纸面的光泽耀眼闪亮，差一点被我遗漏掉，但我把它放在手里，反射光收敛以后，活脱脱就是那个身穿锈红色大衣的女人的面孔。

我对店员说："我要这张。"

我为什么变得如此胆大妄为，简直有点不可思议。当我着手策划这个阴谋的时候，我的心情变得从未有过的愉快开朗，情绪激动，沉浸在难以言喻的喜悦里，这也令人不可思议。这两个不可思议相辅相成，十分吻合。起先我打算趁老师不在的时候偷偷摸摸地干，让他察觉不出是谁干的坏事，但后来在兴奋情绪的驱使下，我决定采取危险的方式，就是要让他明明白白地知道这是我的所作所为。

给老师房间送报依然是我的工作。三月的清晨，还有点春寒料峭，我照样去门口取报，然后从怀里掏出那张祇园女人的照片，夹在其中一份报纸里，我感觉心潮澎湃。

前院圆形转盘上树篱圈围的苏铁沐浴着朝阳，粗糙的树皮在阳光下呈现鲜明的轮廓。左边是一棵不大的菩提树。四五只黄雀在树枝间飞绕，发出捻佛珠般的低声细语。这个时候还有黄雀^①，让我感到意外，但它们停在朝阳映照的树枝上，闪耀着美丽的浅黄色胸毛跳来跳去，的确就是黄雀。前院的白色沙石一片宁静。

我用抹布马马虎虎地擦了一遍走廊，上面还到处留着水迹，我小心翼翼地走着，免得濡湿鞋子。大书院里老师的房间依然隔扇紧闭。时间很早，白色的隔扇在清晨的暗色中显得格外明亮。

我跪在隔扇外面，和往常一样打声招呼："打扰您了。"

我听见老师的回答，于是拉开隔扇，走进去，将折叠整齐的报纸轻轻地放在书桌角上。老师在低头看着什么书，没看我的眼睛。……我退出房间，关好隔扇，强作镇静，慢慢顺着走廊回到自己的房间。

我坐在自己的房间里，还不到上学的时间，我听着怦怦的剧烈心跳，我还从来没有这样怀着某种希望热切地等待过什么事情。尽管我是出于期待老师对我的憎恨才做出这种事，但我心中却还幻想人与人之间相互理解的戏剧性的热烈场面。

也许老师会突然来到我的房间，表示宽恕我。一旦我得到宽恕，也许我有生以来会第一次像鹤川平时那样到达纯真光明的感情的

---

① 黄雀，原文为"鹡"，十月左右从西伯利亚大群飞来过冬。所以作者将春天飞来的黄雀称为"晚归"。

境界。那么，现在剩下来的事情就是老师和我拥抱在一起，感叹相互理解来得太迟。

虽然只是短暂的时间，我为什么会这样痴迷于如此荒唐无稽的空想呢？我自己也无法解释。冷静地想一想，我做出这种愚不可及的无聊行为激怒老师，让他从住持继承人的候选名单中把自己的名字剔除出去，甚至永久失去成为金阁主人的希望，这一切都是我自找的，我是发端者，当时我甚至忘记了自己对金阁永恒的热爱。

我竖起耳朵，专心凝神倾听大书院老师房间里的动静，可是什么也听不见。

我这次做好了老师怒发冲冠、大发雷霆的准备。即使被老师拳打脚踢，鲜血流淌，我也不会后悔。

但是，大书院那边悄然无声，听不到半点声响……

那天早晨，终于到了上学的时间，我走出鹿苑寺的时候，感觉身心疲惫，极度沮丧。到了学校，课也听不进去，教师提问的时候，答非所问，引得大家哄堂大笑。可是，我发现唯有柏木一副视若无睹的样子，望着窗外。他一定发现了我心中的把戏。

放学回到寺院后，也没有任何异样。寺院的生活模式刻板僵化，带着永恒阴暗的霉味，今天与明天之间，不会产生任何差异和悬殊。每个月举行两次教典讲义，今天正是讲授日，寺院的所有人都集中在老师的房间里听讲。可是我相信老师大概会在讲授《无门关》的时候当众对我问责。

我的理由是这样的：老师今晚讲义的时候，我与他相对而坐，这对我极不合适，但我感觉心里应该有一种男人的勇气。于是，老师与我相呼应，他也表现出男人的美德，打破伪善，当着大家的面坦白自己的所作所为，然后对我的卑劣行为进行问责。

……昏暗的灯光下，众僧人聚集一起，人手一本《无门关》。夜间寒冷，只有老师身边放着一个小手炉。有人冻得擤鼻涕。老少僧人都低着脑袋看书，灯光的阴影把他们的脸画成大花脸，每张脸都显出难以言状的有气无力。有一个新弟子，是小学教师，白天上课，他的近视眼镜总是从小鼻子上滑落下来。

只有我精神振奋，浑身充满力量。不过，这只是我自己这么认为。老师翻开讲义，环视大家，我的目光追逐着老师的目光，我想让他知道我绝对不会低垂眼睛。但是，老师被松弛皱纹包围的眼睛没有流露出对任何东西感兴趣的神色，目光扫过我，看着我身边的别人的脸。

讲义开始了。我等待着老师在讲到什么地方时突然把话题转换到我身上，所以聚精会神地倾听。老师的高嗓门滔滔不绝。我听不到老师任何内心的声音……

这天晚上，我彻夜难眠，我蔑视老师，我嘲笑老师的伪善，但悔恨逐渐抬头，悔恨让我无法总是保持这样兴奋的心情。对老师伪善的蔑视奇妙地与我的怯弱结合在一起，最后判断这是一个一无可取的对手，得出即使向他道歉也不算我输的结论。我的心一度攀登到顶点，现在又沿着陡坡疾步跑下来。

我打算明天早上向老师道歉。到了早上，又改变主意，打算今天白天去道歉。老师的表情依然毫无变化。

今天风声萧飒。放学回来，随手打开桌子的抽屉，看见里面有一个白纸包的东西。纸里包的就是那一张照片，但纸上一个字都没有。

好像老师想用这种方法了结这个问题。他其实并非明确地不闻不问，似乎只是告诉我这种行为毫无效果。但是他把照片退还给我，这奇妙的方法一下子让我思绪万千，涌现出诸多飘忽不定的想象。

我心想老师一定也很痛苦，他也是经过冥思苦想才想出这一招。的确，他现在非常憎恨我。当然他不会憎恨照片，不过，就这么一张照片让他这个老师，在自己的寺院里避人耳目，趁着没人的时候蹑手蹑脚沿着走廊偷偷走进从未去过的弟子的房间里，就像犯罪一样打开我的抽屉，他竟然做出如此卑鄙无耻的举动，这才是老师对我恨之入骨的原因。

想到这里，我心头突然喷发出一种难以言状的喜悦，于是我愉快地开始下一步操作。

我用剪子将女人的照片剪碎，用两张结实的笔记本纸包好，紧握手里，走到金阁旁边。

风声萧萧，月色清凉，耸立的金阁始终保持着固有的阴郁的平衡，一排排细长的柱子在月光映照下如整齐的琴弦，整个金阁就像一个巨大的怪异的乐器。由于月亮行走的高低不同，月色下的金阁给人的感觉也有所不同，今晚尤其如此。然而，风只是从琴弦的中间徒然吹过，绝不会奏鸣乐器。

我拾起脚边的一块小石头，包在纸里，结实地揉成一团，将这个被剪成碎片、又坠上石头的女人的脸朝着镜湖池的池心扔出去。水波荡漾，涟漪逐渐泛到我的脚边。

※

这一切积累下来的结果，导致我在这一年的十一月突然出走了。

后来回想起来，出走看似突然，其实经过了长时间的深思熟虑和犹豫踌躇，不过我喜欢认定这是在一时冲动下做出的突然举动。因为我的内心深处缺少根本性的冲动，所以我尤其喜欢模仿冲动。例如，有人原本前一天晚上打算第二天去祭扫父亲的墓，可第二天当他出门走到车站的时候，突然心血来潮，折回来去酒友家，那么，这种情况，能否说他是纯粹的冲动呢？他突然改变主意，难道不是比长久准备的扫墓更加有意识的、对自己的意志进行复仇的行为吗？

我出走的直接动机，是由于前一天晚上，老师第一次语气坚决地对我说："我本想以后让你接班，但现在明确告诉你，已经没有这个想法了。"

对于老师的表态，虽然是第一次被明确告知，其实我心里早有预感，做好了思想准备，所以我并没有感觉是晴天霹雳。而且现在再怎么惊愕惶恐、狼狈周章也无济于事。尽管如此，我还是愿意认为自己的出走是老师这番话引发的冲动的结果。

当我知道我的照片权术的确引起老师对我的憎恨以后，我的学习成绩日渐滑坡。预科一年级的成绩是：华语、历史各八十四分，总分七百四十八分，名次在全班八十四人中排在第二十四名。总课时四百六十四小时，旷课只有十四小时。预科二年级的成绩总分是六百九十三分，名次在全班七十七人中落到第三十五名。但是，三年级以后，虽然我没有钱去外面消费，可我觉得不去上课好玩，就经常逃课。而三年级这个学期，正是在照片事件发生以后开学的。

第一学期结束的时候，校方对我提出"注意"①，老师也训诫我，主要还是因为成绩不佳、旷课太多，而一学期只有三天的"接心"②课，我也不参加，让老师大为震怒。学校的接心课，在暑假、寒假、春假前各有三天，完全按照专门道场的模式进行。

老师对我训诫，特地把我叫到他的房间，这是很罕见的。我只是耷拉着脑袋，一声不吭。其实，我心里暗自期待的只有一件事，可是老师只字未提照片的事以及以前那个妓女勒索钱财的事。

从那以后，老师对我的态度明显疏远冷淡。可以说，这是我求之不得的结果，是我希望看到的证据，是我的某种胜利，而且，为了达到这个目的，我只要逃学就足够了。

三年级第一学期，我旷课达六十多个小时，约为一年级三个学期旷课时间的五倍。这么多时间，我既不看书，也没钱出去消费，除了偶尔与柏木闲聊之外，其他都是独自一人，无事可干。大谷大学的记忆，越是变得与无为的记忆难以区分，我就越发变得缄默不语，孤独一人，无所事事。也许这种无为也是我独特的一种接心，我从中丝毫没有感到寂寞无聊。

有时候，我坐在草地上，好几个小时，百无聊赖地看着蚂蚁搬运细红土筑巢。并不是蚂蚁引起了我的兴趣。有时，我长时间

---

① 注意，学校惩戒学生规定之一，属于最低的惩戒方式，通过口头或书面向学生提出"注意"。
② 接心，坐禅，禅僧讲解对佛经教义的理解。

望着学校后面的工厂烟囱冒出来的轻烟发呆。也不是轻烟引发了我的兴趣。……我觉得全身心浸泡在自我的存在之中。外界的各处时而寒冷，时而炎热。是的，该怎么说呢？外界变成斑纹，变成条纹。自己的内心与外界进行不规则的、缓慢的交替，周围毫无意义的风景映入我的眼帘，风景闯入我的内心，而没有闯入的部分在远处生机勃发地闪耀辉煌。这闪耀辉煌的东西，有时是工厂的旗帜，有时是土墙上细微的污点，有时是扔在草丛里的一只旧木屐。所有的东西每个瞬间都在我的心中产生，并且死亡。这可以说是没有形成任何形态的思想吗？……重要的东西与些微细末的东西联手，正如今天报纸刊登的欧洲的政治事件，我就觉得与眼前的旧木屐有着不可分割的关联。

我也曾对一片草叶尖端的锐角进行过长时间的思考。说"思考"这个词不恰当。因为这种不可思议的细碎的念头绝不会长久持续，在我无法判断是生是死的感觉上，它们如诗歌的叠句一样反复出现。这片草叶的尖端，为什么必须有这么尖利的锐角呢？如果它是钝角的话，就会丧失这个草种，大自然的一角就会坍塌吗？将大自然齿轮的一个极小的部件拆卸下来，可以颠覆整个大自然吗？我还异想天开思考过这个方法。

老师对我的痛斥不胫而走，寺院里的人们都知道了，大家对我的态度日益冷漠严峻。原先嫉妒我上大学的那个师弟总是带着胜利自豪的嗤笑看着我。

夏天和秋天，我继续住在寺院里，但几乎和所有的人都不说话。我出走的前一天早晨，老师命令副司把我叫过去。

那天是十一月九日。我正准备上学，所以穿着校服来到老师面前。

老师那张胖乎乎的脸，因为要和我见面，还必须要对我说话，这种不愉快的情绪使得他的脸紧绷起来，显得异样僵硬。我看到老师那一双像是面对一个麻风病人似的眼睛，不由得心里痛快之极。这才是我所希望的洋溢着人的感情的眼睛。

老师立即把视线从我的脸上移开，一边在手炉上搓着手一边说话。柔软的掌心肉摩擦发出的声音，虽然轻微，却听起来觉得刺耳，似乎搅乱了初冬早晨空气的清澄。这让我感觉到和尚的肉与肉之间过于亲密。

"你过世的父亲，该是多么伤心啊。你看看这封信吧，学校又说了很严厉的话。你现在这个样子，最后会收获什么样的结果，你好好考虑吧。"接着，他说出那句话，"我本想以后让你接班，但现在明确告诉你，已经没有这个想法了。"

我沉默很久，说道："老师这不就是把我抛弃了吗？"

老师没有立即回答，稍后说道："都到了这个地步，你还想不被抛弃吗？"

我没有回答。过了好大一会儿，我竟然不由自主地结结巴巴扯到别的话题上："老师对我的事情知道得一清二楚。我也知道老师的事情。"

"知道又怎么样？"和尚的眼色黯淡下来，"什么也没用。对你也没有好处。"

我从来没有见过如此一副完全抛弃了现世的嘴脸，没有见过这样一副明明双手沾满了金钱、女人、俗世生活方方面面的污脏，却又如此蔑视现世的嘴脸。……我就像触摸到一具血色尚存的温热尸体，浑身厌恶悚然。

这时，我心中涌上一种切肤之感，希望迅速远离我周围的一切东西。我告辞退出老师的房间以后，一直在想这个问题，而且这个想法越来越强烈。

我把佛教辞典和柏木送给我的尺八包裹在包袱皮里，然后提着书包和包袱大步流星地奔向学校。我一心只想着出走的事情。

一进校门，恰巧看见柏木走在我的前面。我一把拽住他的胳膊，拉到路边，提出向他借三千日元，并请他收下佛教辞典和那管尺八，卖的钱算是我的部分支付。

柏木的脸上不见平时发表奇谈怪论时那种哲学性的豪爽，他眯缝着眼睛，用捉摸不定的眼色看着我。

"你还记得《哈姆雷特》中雷欧提斯的父亲对儿子提出什么

忠告吗？'不要向人借贷，也不要借钱给人。借出去的钱收不回来，而且还失去朋友。'"

"我已经没有父亲了。" 我说，"不行就算了。"

"我还没说不行啊。好好商量一下吧。把我所有的钱加起来，还不知道有没有三千日元呢。"

我不由得想起那个插花师傅告诉我的柏木弄钱的手法，真想把他绞尽脑汁从女人那里榨钱的花招揭露出来，但最后还是忍住了。

"首先考虑一下字典和尺八怎么处理。"

柏木说罢，突然转身向校门的方向走去，我也急忙转过去，放慢步速，和他并排而行。他告诉我，原先那个光俱乐部的学生社长因涉嫌金融黑市被捕后，九月已经释放，由于他的信誉一落千丈，现在举步维艰。今年春天开始，柏木就对这个光俱乐部的学生社长十分感兴趣，他经常是我们谈论的话题，我们都坚信他是社会的强者，可根本没想到仅仅两个星期后他就试图自杀。

柏木冷不丁问道："你要钱干什么？"

我觉得这不像柏木的问法。

"想出去旅行，到外面走一走。"

"还回来吗？"

"应该吧……"

"你想逃避什么吧？"

"我想从我周围的一切东西中逃离出去，从周围的进发着死气沉沉的味道的一切东西中逃离出去。……老师也死气沉沉。我也明白了，非常死气沉沉。"

"也想逃离金阁吗？"

"对。也想逃离金阁。"

"金阁也死气沉沉吗？"

"不，金阁不是死气沉沉。它绝不是死气沉沉。但是，它是一切死气沉沉的根源。"

"这倒是你的思想。"

柏木迈着夸张的舞蹈步伐在人行道上走着，似乎心情极其愉快地咂了一下嘴巴。

我跟在柏木后面，他带我走进一家冷冷清清的小古董店，把尺八卖了。只卖了四百日元。然后去一家旧书店，讨价还价，把辞典卖了一百日元。剩下的两千五百日元，他让我陪着去他的住处。

在他的房间里，他提出一个出人意料的条件：尺八是我还给他的，算是物归原主，字典是我送给他的礼物，所以这两件东西的主人都是他的，这样，卖掉后所得的五百日元都应该是柏木的金钱，再加上两千五百日元，借给我的钱自然就是三千日元。归还之前，月息按一成计算。当然，这与光俱乐部的高利贷月息三成四分相比，几乎可以说是优惠性的低息。……他拿出纸和砚台，严肃工整地写了一张借条，要我摁手印。我不愿意想那么多，二话没说，手指蘸一下印泥就摁了上去。

——我迫不及待地把三千日元揣进怀里，出了门，立即乘电车在船冈公园前下车，一路奔跑登上通往建勋神社的回旋石阶。我要去神社抽签，试图得到前往何处的启示。

快要登上石阶最上层的地方，右边是义照稻荷神社艳俗刺眼的朱红色的神殿，门前摆着一对铁丝网圈围起来的石狐。狐狸嘴里叼着卷轴，耳朵直立，耳朵里也被涂成朱红色。

这一天日光暗淡，时而风起，尚有寒意。一路登上来的石阶的颜色像是撒满了白灰，其实那是从树叶间筛漏下来的微弱阳光的颜色，由于光线较弱，所以看上去像是污脏的灰白。

我一口气继续往上跑，来到建勋神社宽敞的前院时，浑身汗水津津。有石阶通往前殿，一条平坦的石板路通往石阶，左右两边低矮蟠曲的松树俯身在参道的上空。右边是木板原色的老旧社务所[①]，门口挂着一块"命运研究所"的牌子。社务所靠近前殿的地方有一个土墙仓房，往前是一片稀稀落落的杉树林，在饱含沉痛光线的、淡白色冰冷乱云覆盖的天底下，京都西郊的群山峻岭尽收眼底。

---

① 社务所，管理神社事务的办公室。

建勋神社的主祭神是信长[1]，其长子信忠为配祭神。神社简朴，只有围绕前殿的朱漆栏杆给它增添了几分色彩。

我登上石阶，礼拜完毕，从香资箱旁边的搁板上取下六角形旧木箱，摇了摇，从上方的孔里出来一支细竹片，上面只有墨汁写的两个字：十四。

我转过身，一边嘴里念叨着"十四……十四……"，一边走下石阶。这个数字的发音停留在我的舌头上，感觉逐渐显现出某种含义来。

我走到社务所的门口，请求解签。一个看似正在擦洗的中年妇女一边不停地用解下来的围裙擦手一边走出来，我按照规定，将十日元的手续费递过去，她面无表情地接下来。

"几号？"

"十四号。"

"你在走廊上等着。"

我坐在细窄的檐廊上等候。我忽然觉得，自己的命运掌握在这个双手湿漉漉皲裂的女人手里，这实在毫无意义，不过，自己到这里来就是为了赌一把这种无意义，所以这也很好。从关闭的隔扇门里面传出来使劲拉动年久古老的紧涩小抽屉时金属环撞击

---

[1] 信长，即织田信长（1534—1582），日本战国时代至安土桃山时代的大名。推翻足利幕府，与丰臣秀吉、德川家康并称"战国三杰"。

的声音，以及翻纸的声音。一会儿，隔扇打开一道缝，"嗯，你拿着"，递出来一张薄纸，接着又关上门。薄纸的一角被女人的手指濡湿了。

我看一眼纸上的文字，上面写着：第十四号 凶。

签文这样写道：

汝有此间者遂为八十神所灭

　大国主命遭遇烧石楔矢等之困难苦节　尊奉御祖神之教诲退去此国　此乃悄然逃离之兆①

签文的意思是说：万事不如意，前途险恶。不过，我并不害怕。再一看下面的话，写的是"旅行——凶。西北尤不吉"。

于是，我决定去西北旅行。

※

开往敦贺的列车，上午六点五十五分从京都站发车。我五点半起床。十日早晨，我起床后，立即换上校服，这样不会引起别人的

---

① 八十神，意为众神。"汝有此间者遂为八十神所灭"意为你若留于此地，必为众神所灭。烧石，意为火烧的巨石。楔矢，意为楔铁似的东西。此句大意为：大国主命受如烧石、楔铁般众多同父异母的兄弟的迫害，但是他遵照先祖神的教诲，免于遭难。大国主命的故事见于《古事记》。

怀疑。我已经习惯于所有的人都对我视而不见。

天色微暗的拂晓时刻，寺院的人都分散在各处洒扫庭除，擦拭厅堂，一直到六点半。

我打扫着前院。连书包都没带，仿佛从这里突然失踪不知去向似的奔上旅途，这就是我的计策。我和笤帚一起在朦胧灰白的沙石路上移动。然后，笤帚突然倒地，我突然无影无踪，只有灰白的沙石路残留在白蒙蒙的拂晓里。我幻想着用这样的方式上路出走。

正因为如此，我没有向金阁告别。我必须让自己从包括金阁在内的全部环境中被突然夺走。我一边扫地一边慢慢向山门靠近。从树梢间能望见稀疏的晨星。

我心潮澎湃。现在必须出发——这几个字几乎在我的心间振翅飞翔。我要从这个环境中、要从束缚我的美感观念中、要从坎坷崎岖中、要从我的口吃中、要从我的存在条件中挣脱出来，我必须走。

我手中的笤帚，如同果实离开树枝一样，极其自然地落在拂晓的草丛中。我轻手轻脚朝着树木掩映的山门走去，一出山门，就撒脚往外狂奔。市营电车头班车的发车时间就要到了。我和那些稀稀落落的、看似工人模样的人坐在一起，顶着明晃晃的车厢里的电灯。我感觉自己从没有到过这么光亮的地方。

那次旅行的具体细节至今记忆犹新。我的出走，并非漫无目的，我的目的地是中学时代的修学旅行曾去过一次的地方。但是，随着目的地越来越近，出走与解放的情绪越发强烈，我感觉我的眼前仿佛只有一个未知数。

火车飞驰的这条路线，是通往我出生的故乡的线路，我很熟悉。不过，我从来没有以如此新鲜好奇的眼光眺望这列烟熏火燎的破旧火车。车站、汽笛、黎明时扩音器传出的浑浊声音的回响，这一切都在重复着同一种感情，并予以强化，在我的前面展开醒目的抒情性的瞭望。宽阔的站台被朝阳划分成好几块，奔跑的鞋子声、清脆的木屐声、响个不停的单调的铃声、从站台小贩的篮子里拿出来的蜜橘的颜色……这一切都是对我的未来一个个巨大的暗示，一个个预兆。

车站上任何细微的片断，都朝着别离和出发的统一情感牵引、聚拢在一起。我感觉从我的眼前后退的站台多么从容，多么规矩，这毫无表情的钢筋混凝土的站台平面，由于人们的移动、别离、出发，显得多么辉煌啊！

我信任火车。这个说法有点可笑。虽然可笑，但自己所在的位置确确实实一点点远离京都站，为了保证这种难以置信的想法，我只能这样说。鹿苑寺的夜晚，我曾几次听见从花园附近驶过的货运列车的汽笛声，而今天，我乘坐上日夜奔驰的火车前往远方，这实在太不可思议了。

火车沿着我当年和病中的父亲一起观看的群青色的保津峡前行。也许受到气流的影响，爱宕山脉和岚山的西边、从这里到园部附近的地区，与京都气候迥异。十月、十一月、十二月间，晚上十一点至翌日上午十点左右，保津川产生的雾气漫山遍野地笼罩着这个地方，形成一种规律。这个雾气不停地流动，很少中断。

田园模模糊糊地展现在自己眼前，收割后的田地呈现出霉绿色，田埂上的稀疏树木，高低大小，参差不齐，连高处的枝叶也都被修剪整饬，所有细小的树干都用干稻草包裹起来，这个方法本地人称为"蒸笼"。这些树木依次在雾气中显现出来，犹如树木的幽灵。有时候在紧挨着车窗的外面，会出现一棵很大的柳树，看得很清楚，树背后是几乎看不见的灰蒙蒙的田野，柳树垂下濡湿的沉甸甸的叶子，在雾气中轻轻摇曳。

离开京都时那种激动兴奋的心情现在又变成了对逝者的缅怀，对有为子、父亲、鹤川的回忆在我心中诱发了一种难以言喻的亲切感，我甚至怀疑自己只能把死者当作人来爱。而且，比起生者来，死者的形态是多么容易让人去爱他们啊！

在不太拥挤的三等车厢里，这些令我难以去爱他们的乘客，有的急匆匆地抽烟，有的剥着橘子皮，大概是某个公共团体的负责人模样的老头在旁边的座位上大声说话。他们都穿着不合身的旧西服，还有一个人从袖口露出西服衬里的条纹破布。我再次认识到平庸并不会随着年龄的增长而有所减少。他们那种看上去像是农民的、风吹日晒黑黢黢、皱巴巴的宽大脸庞，与长年酗酒的沙哑声音一道，表现出了一种浓缩的平庸。

他们在议论什么人们应该给公共团体捐助的话题，其中一个秃顶老头，稳重沉着的样子，不参与议论，只是用大概洗过几万遍的发黄的白麻手绢不停地擦手。

"这双黑手，就是被煤烟自然熏脏的。就是擦不掉。"

一个人接上话茬："你就煤烟问题给报纸投过稿吧？"

"不，没有。"老头否认，"哎呀，就是擦不掉，真难办。"

我有意无意地听着他们说话，他们的话中经常提到金阁、银阁的名字。

他们一致认为，必须让金阁、银阁更多地捐款。从收入来看，银阁只有金阁的一半左右，但即使如此，也是巨大的款项。举例来说，金阁的年收入大概在五百万日元以上，而寺院禅僧的日常生活，加上水电费，充其量一年不过二十多万。那么，剩下来的钱怎么花呢？小僧人吃冷饭，老和尚自己每天晚上去祇园大肆挥霍。而且寺院的收入不上税，完全和治外法权一个样。所以对这种地方，要毫不客气地让他们捐款。大家七嘴八舌地议论开来。

那个秃顶老头依然用手绢擦手，等到人们的议论稍微停顿下来的时候，他说一句："真难办！"

这成为大家议论的总结吧。老头的这一双手经过他耐心又充满毅力地搓擦，终于让煤烟的痕迹完全消失，放射出像坠饰般耀眼的光泽。其实，这样的手，与其说是手，不如说更像一双手套。

有意思的是，这是我第一次听到世间对寺院的批评。我们属于僧侣的世界，学校也是在这个世界里，寺院之间从来不会互相批评。但是，公共团体负责人的这些话，我一点也不感到惊讶。这些都是不言自明的事情！我们吃冷饭，老和尚去祇园。……但是，如果用他们的理解方式来看待我，我会产生难以言喻的厌恶感。我无法忍受用"他们的话"来理解我。而"我的话"与他们截然不同。即使我看见老师和祇园的艺伎走在一起，也没有丝毫道德上的厌恶，我希望他们能明白这一点。

正因为这样，他们的议论在我的心中，如同平庸留下的余香一样，只剩下些微的厌恶感，随之飘去。我不想让自己的思想仰仗社会的支援，我也不想为了让世间更容易理解我的思想而给思想套上一个框架。我说过多次，不被理解就是我生存的理由。

——车厢门突然打开，进来一个胸前挂着一个大篮子的公鸭嗓小贩。我忽然觉得肚子饿了，没买米饭，买了一个装有绿乎乎的海藻面条的盒饭。雾气已经消散，天空却没有阳光。丹波山麓的贫瘠土地上种着构树，开始能看见造纸的人家。

舞鹤湾。不知道什么缘故，这个名字一直让我心情激动，就像过去那样。我的少年时期是在志乐村度过的，从那时起，它就是看不到的大海的通称，最后成为我对海的预感本身的名称。

这片看不见的大海，从耸立在志乐村后面的青叶山山顶就能看得清清楚楚。我曾两次登上青叶山。第二次登山的时候，恰好看见联合舰队的军舰驶进舞鹤军港。

停泊在湾内的军舰耀眼闪亮，也许是在这里秘密集结吧。有关这个舰队的一切都是机密，我们甚至都怀疑是否有这个舰队的存在。所以，我远远看到的联合舰队就像只知其名、只在图片上见过的威武的黑色水鸟，当时它们不知道有人在窥视，似乎在威猛强悍的"老鸟"警戒护卫下，悄悄地在海水中沐浴嬉戏。

……乘务员进来告诉乘客前方到站是"西舞鹤"，把我从回忆中唤醒。现在已经没有了急急忙忙扛着行李的水兵乘客，与我一起准备下车的也就两三个看似做黑市买卖的男人。

一切都变了。英文的交通标志让我感到压抑，各处的街道都很整齐干净，俨然成为外国的港口城市。有许多美国兵来来往往。

在初冬阴霾的天空下，含带几分咸味的寒冷微风从宽广的军用公路吹拂过去。这里没有大海的气息，只有无机质的锈铁般的气味。延伸进市内深处的海面很狭窄，就像运河一样。死水般的

海面，停泊在岸边的美国小舰艇……这里的确安宁，细致入微的卫生管理夺走了过去军港喧闹嘈杂的肉体性活力，整个街面感觉变成了一所医院。

我不想在这里与大海亲切见面，说不定吉普车会从背后过来半开玩笑地把我撞进海里。现在回想起来，是大海的暗示激发了我这次出来旅行。但是，这个大海大概不是这种人造港口，而是我小时候在成生岬所接触的那样惊涛骇浪的原生态的大海，是粗犷剽悍、怒气冲冲、鲁莽暴躁的内日本的大海。

于是，我决定去由良。由良的海滨在夏天的海水浴时人声鼎沸，但这个季节应该冷清荒凉，只有陆地与大海以黑暗的力量进行角斗。西舞鹤到由良最多三里路，我的脚应该还有模糊的记忆。

这条路从舞鹤市沿着海湾向西，与宫津线垂直交叉，穿过去后再翻越泷尻岭，通往由良川。跨过大川桥后，沿由良川西岸北上，然后顺着河流方向一直延伸到河口。

我离开市街上路……

我感觉脚累的时候，这样问自己：由良有什么呢？我这样步履匆匆赶去由良，是为了寻找什么样的确凿证据吗？那个地方不就是只有内日本海和空无一人的海滨吗？

但是，我没有就此止步的意思。我只是想着要到一个地方去，不管走向哪里，不管到达哪里，我要去的那个地方，地名已经毫无意义。不管是哪里。我的心中产生一种直面目的地的勇气，一种近乎不道德的勇气。

太阳也没有准脾气，时而探出头来，洒下一层薄薄的光线，透过路旁一棵大榉树的树叶将微弱的阳光铺在地面，诱使我走进去。不知道为什么，我觉得光阴荏苒，自己却一直无暇休息。

河面逐渐宽阔，地势缓坡逐渐消失，我走在山缝间的小道上，由良川仿佛突然出现在我眼前，河水湛蓝，河面开阔，流水却在阴郁灰蒙的天空下好像极不情愿似的，磨磨蹭蹭地缓缓流向大海。

来到河西岸，没有汽车，没有行人，道路两边时常能看到夏橙果园，却看不到人影。这个小村落名叫"和江"，听到有东西拨开草丛的声音，猛然间探出来一张鼻尖黑毛的狗脸。

要说这一带的名胜，我知道有山椒大夫①的宅邸遗迹，不过这个来历令人怀疑。我不打算去参观，不经意间就已经从他的宅邸前面走过了。可能因为我只是注意眺望河流的缘故吧。河中有一个竹林包围的很大的沙洲，我在路上没有感觉到风，而沙洲上的竹林却随风起伏。沙洲上还有大约两町步②的田地，完全靠雨水灌溉，但不见农夫的身影，只有一个背对这边的垂钓者。

———————————

① 山椒大夫，由良的富豪。"大夫"意为"富翁"。"山椒"，有人传说他卖山椒发财，也有人说他拥有三所住宅。
② 町步，日本一种计算土地、山林面积的单位，一町步约九千九百一十七平方米，约等于一公顷。

好久没见人影，觉得格外亲切。我想他是在钓鲻鱼吧，如果钓的是鲻鱼，说明应该离河口不远了。

这时，随风起伏的竹林哗哗的喧闹声越来越高，传到我这边来，水雾升起，像是在下雨。雨滴打湿了沙洲干燥的河滩。就在我观望的时刻，雨水也降落到我身上。我淋着雨，再一看沙洲，雨已经停了。垂钓者依然保持原来的姿势，一动不动。这场阵雨从我头顶掠过。

每经过拐角的地方，我的视野都被芒草等秋草覆盖，但是，辽阔的河口近在眼前，相当凛冽的海风扑面而来。

由良川接近河口的这一段，河面上露出几处荒凉的沙洲。河水的确即将入海，海潮侵入河里，但河面越发沉静，没有出现丝毫征兆，如同神志昏迷即将死去的人。

河口狭隘得出乎意料。海潮与河水在这里冲撞、互搏、融合，大海与暗云重叠堆积的阴霾天空浑然一体，模糊不清地横躺在那里。

为了亲近大海，我还要迎着掠过原野、田地刮过来的烈风继续走一段路。风扫过北边的海，不留任何死角。完全是大海的缘故，凄冷的劲风才这样浪费在这渺无人迹的原野上。风其实就是覆盖当地寒冬的气体的海，这是命令式、支配式的无形之海。

河口远处的波浪层层叠叠，逐渐向灰色的海面扩展。一个状似圆顶礼帽的小岛从正面浮现出来。这是冠岛，离河口八里，是保护动物白额鹱的栖息地。

我走进一块田地，环视四周，一片荒芜。

此时，一个念头在我的心间闪现。就在闪现的同时，念头瞬间消失，失去一切意义。我伫立片刻，寒风夺走了我的思考。我继续逆风前行。

眼前延伸着贫瘠的旱地，都是多石的荒地，野草大半枯萎，即使是尚未枯萎的杂草，那一点绿色也如苔藓一样趴伏在地上，连这些杂草的叶子也卷曲干瘪。这一带已经是沙化的土地。

我听见颤动的低沉的声音。我听见人的声音。这是我无意间背对烈风仰望身后的由良岳时听到的。

我寻找人在何处。要到海边去，沿着低矮的山崖下去，有一条小路。我知道为防止海水的侵蚀，那里正在进行一项护岸工程，但进度缓慢，到处都堆放着白骨般的水泥柱。这些新的水泥柱堆放在沙子上，颜色显得格外有神。刚才听到的颤动的低沉的声音，是将水泥灌进模子以后振动器发出的声音。四五个鼻尖通红的工人惊讶地看着一身校服的我。

我也瞟了他们一眼。人与人之间的交流就此结束。

海从沙滩开始呈播钵的形状急剧塌陷下去。我踩着花岗岩质的沙子向水边走去的时候，如同向着刚才心间闪现的一个念头一步一步确确实实地靠近，喜悦再次袭上心头。冷风几乎冻僵我没有戴手套的双手，但是我满不在乎。

这是真正的内日本的海！这是我全部不幸与黑暗思想的源泉，是我全部丑恶与力量的源泉。汹涌狂暴的大海。波涛不断涌来，后浪推着前浪，在前后浪之间，出现光滑的灰色深渊。暗黑色的海面上空，布满沉重与纤细合而为一的累累稠云。没有边缘的沉重云层与无比轻盈、清冷如羽毛般的边缘一起，共同围绕着中间似有若无的蔚蓝色的天空。浅灰色的大海又与紫黑色的群山紧紧相依。我感觉在这一切动摇与不动的东西里，不断活动的黑暗力量如矿物般凝结在一起。

我忽然想起与柏木初次见面时他对我说的话："我们突然变得狰狞残暴，就是在这样的时候——例如在这样春光明媚的午后，坐在修剪整齐的草坪上，心平气静地眺望阳光在枝叶间嬉戏——这样的瞬间。"

现在我面对海浪，迎着暴戾的北风。这里既没有阳光明媚的春日午后，也没有修剪整齐的草坪。然而，这荒寂萧瑟的大自然比春天午后的草坪更让我欢心，与我的存在更加亲密。在这里，我心满意足。在这里，我没有受到任何威胁。

我忽然心血来潮，这个念头，正如柏木所说，可以说是残虐的念头吗？总之，这个念头在我的心中突然产生，启示刚才闪现的含义，亮堂堂地照见我的内心。我还没有进行深入的思考，就像被光击中一样，我不过是被这个念头击中了。然而，这个过去从不敢想的念头一旦产生，就立即给我增添了力量，变得膨胀，甚至把我整个包围起来。这个念头就是：

必须烧毁金阁！

第八章

接着，我又继续往前走，来到宫津线的丹后由良站前面。我在东舞鹤中学上学的时候，修学旅行也是沿着同样的路线从这个车站走路回家的。站前的公路，行人稀少，这个地方只依靠夏天短暂的繁荣维持生计。

站前的一家小旅馆，招牌上写着"海水浴旅馆由良馆"的字样，我打算在这里住宿。推开磨砂玻璃门，打声招呼，却没人答应。门口的铺板积满灰尘，防雨窗紧闭，室内昏暗，没有人的样子。

我绕到屋后，有一个简朴的小庭院，菊花已经枯萎。院内安装有一个水槽，有淋浴喷头，供夏季从海里游泳回来的房客冲洗身上的沙子。

不远处有一座小房子，大概是旅馆主人的住处。从关闭的玻璃门里传出收音机的声音。高得离谱的声音听起来空荡荡的，反而令人觉得屋子里没人。门口散乱着两三双木屐，我在收音机声音的空隙里对着里面喊了几声，果然白等，无人回应。

身后出现了一个人影。当时我正看着从阴沉的云层偶尔透出的微弱阳光照射在门口木屐箱的木头上的明亮纹理。

就像身体轮廓融化后发生了膨胀一样——一个胖乎乎的、皮肤白皙的女人，眯缝着一双似有若无的细眼睛看着我。我说明住宿的来意。她连"跟我来"这样一句话都不说，一声不吭地转身朝旅馆门口走去。

——她给我安排在二楼角落的小间，窗户对着大海。她拿来的小手炉散发的微弱火气将长久紧闭的室内空气熏出一股发霉的臭味，让人难以忍受。我打开窗户，吹着北风。大海那个方向，还是和刚才一样，云朵依然悠闲自得地继续进行沉闷的嬉戏。云朵似乎也是大自然漫无目标的冲动的反映，而且从其中的一部分肯定可以看到敏锐理智的蓝色小晶体——蓝天的薄片。看不到大海。

……我站在窗旁，又开始追索刚才的念头。我问自己：在考虑烧毁金阁的时候，为什么没有想到先杀掉老师？

我以前并非完全没有杀死老师的想法，但立即意识到这样做无济于事。因为我知道，即使杀了老师，那种和尚的光头和死气沉沉的恶仍然会无休止地一个接一个从黑暗的地平线冒出来。

一般地说，有生命的东西不具有金阁那样严密的一次性。人类不过是继承了大自然各种属性中的一部分，以可替代的方式传宗接代。如果只是为了毁灭对象的一次性，那么杀人就是永恒的失算。我就是这么认为的。这样，金阁与人的存在就越发显示出鲜明的对比，从人易于毁灭的形态中反而浮现出永生的幻影，而从金阁永恒的美中反而飘游着毁灭的可能性。难免一死的命运可以绵延不绝，就像人那样。而不朽的东西可以被永久毁灭，就像金阁那样。为什么人们就没有意识到这一点呢？我的独创性毋庸置疑。如果我烧毁这座明治三十年就被认定为国宝的金阁，那就是纯粹的破坏，就是无法挽回的毁灭，就会切切实实地减少人类所创造的美的总分量。

随着思绪浮想联翩，我甚至产生一种谐谑的心态。"如果我烧了金阁……"我自言自语，"大概具有显著的教育效果。因为人们可以从类推中学习到所谓的不朽其实毫无意义可言，学习到五百五十年间一直耸立在镜湖池畔的金阁其实也没有任何保证，学习到我们生存的不言自明的前提是一种不安——在明天一切就会土崩瓦解。"

对，就是这样。我们的生存被一定的持续时间的凝固物所包围而得以保持下来。例如，木匠制作小抽屉本是为了生活方便，但经年累月之后，时间就凌驾在物体的形态上面，数十年、数百年以后，反而觉得是时间凝固成物体的形态。一定的小空间，起初被物体占有，但后来被凝结的时间所占有。这是向某种"灵"

的转化。中世①的《御伽草子》②里有一篇《付丧神记》③，开头部分是这样写的：

> 《阴阳杂记》云，器物经百年，化得精灵，诓人心，此可称为付丧神。由此，世俗于每年立春前，各户处理旧器物，弃之于路端，谓"扫除"。此举使不足百年之付丧神遭灾。

我的行为可以让人们看清楚付丧神遭受的灾难，可以把他们从灾难中拯救出来。我的行为将会把金阁存在的世界推进金阁不存在的世界里。世界的含义将会发生切实的巨大的变化。

……我感觉自己越想心情越愉快。我眼前的这个包围着我周身的世界离没落和终结已经为期不远了。残阳余晖遍照天下，金光璀璨的金阁的世界如同指缝间的一粒沙子，每时每刻确确实实正在掉落下去。

---

① 中世，日本历史将封建制分为前后期，前期称中世，后期称近世。镰仓、室町时代相当于中世。
② 《御伽草子》，镰仓时代至江户时代成书的通俗短篇小说集，收录民间故事等作品。
③ 《付丧神记》，付丧神指的是妖怪精灵。讲述器物放置百年，吸天地之精华，积长年之怨念，化为妖精，吃人危害社会的故事。

※

我在由良旅馆住了三天，这期间，我足不出户，老板娘觉得我的行为有点蹊跷，就把警察叫来。身穿警服的警察一进门，我就害怕，生怕暴露我的想法，但一转念，根本没有害怕的理由。我老老实实地回答警察的盘查，说是想离开寺院生活一段时间，所以出走，还给他看了我的学生证，并且特地当着警察的面付了住宿费。这样一来，警察的态度变成保护，立即给鹿苑寺打电话，确认我的话是否属实，然后对我说要送我回寺院，而且为了不给我的前途造成伤害，警察特地换上了便服。

在丹后由良站等火车的时候，阵雨袭来，没有顶棚的车站马上就被淋湿了。警察陪着我走进车站办公室。这个便服警察很得意地对我说，站长、站务员都是他的朋友。不仅如此，他给大家介绍的时候说我是从京都过来看望他的外甥。

我体会到了革命家的心理。围着熊熊炉火谈笑风生的乡间车站站长和警察丝毫没有预感到迫在眉睫的世界的动荡，他们的秩序行将崩溃。

我想要是金阁烧毁了……要是金阁烧毁了，这帮家伙的世界将会发生巨大的变化，生活的金科玉律将被彻底颠覆，列车时刻表混乱不堪，他们的法律将完全失效。

他们对自己的身边有一个若无其事地伸手烤火的、即将作案的未来罪犯毫无察觉，这让我心中窃喜。那个年轻的乘务员，性格开朗，大声吹捧他下一个休息日要去看的电影。他说那是一部催人泪下的优秀电影，而且不乏精彩的武打场面。下一个休息日我就要去看！这个充满青春活力的、远比我魁梧健壮、朝气蓬勃的小伙子，在下一个休息日，就要去看电影，就要搂着女人睡觉。

他不停地调侃站长，拿站长开玩笑，同时也被站长申斥；他还忙着给火炉添炭，有时还在黑板上写什么数字。生活的诱惑，或者说对生活的嫉妒试图再次俘虏我。我不去烧毁金阁，跳出寺院，还俗，也可以这样沉溺在生活里。

……但是，立即有一股黑暗的力量在心中苏醒，把我拉出来。我无论如何还是要烧毁金阁。这是为我量身定做的、特殊的、闻所未闻的生的开始。

——站长去接电话，然后走到镜子前面，端端正正地戴好镶着金丝绦的制帽，清了清嗓子，挺起胸脯，像是参加典礼一样，走上雨后的站台。一会儿，火车沿着线路边的山崖，轰隆隆地滑行过来。火车的轰隆声通过雨后山崖的泥土传递过来，带着新鲜的湿漉漉的感觉。我就要乘坐这趟列车。

※

我在晚上七点五十分抵达京都，便衣警察送我到鹿苑寺的山门前。寒意清冷。走过松林黢黑树干的行列，当山门那僵固的形状近在眼前的时候，我看见母亲站在山门下面。

母亲刚好站在那块写着"违者依国法处罚"字句的告示牌旁边。头发蓬乱，在门灯的映照下，仿佛每一根白发都竖立起来。其实母亲并没有这么多白发，只是在灯光照耀下，看上去好像满头白霜。白发包围下的小脸毫无表情。

我看过去，身材矮小的母亲的身子仿佛肿胀起来，庞大得令人害怕，她身后的大门敞开，前院一片漆黑。在黑暗背景的衬托下，她系着唯一的、出门时候才使用的、磨破了的绣金丝腰带。那粗陋朴素的和服穿在她身上，完全走形了，她站在那里，就是一具不动的僵尸。

我迟疑着要不要走过去。母亲怎么跑到这里来了？我心里纳闷儿。后来才知道，老师知道我出走后，就派人到母亲那里打听，母亲惊愕万分，急急忙忙赶到鹿苑寺，就这样住了下来。

警察推了推我的后背。我走近母亲，感觉她的身子越来越小。母亲的脸在我的眼下，她抬头看着我，那是一张扭曲的丑陋的脸。

感觉大概从未欺骗过我。那一双狡猾的深陷的小眍眼，如今再一次让我深感嫌恶母亲的正当性。怎么居然是这个人把我生出来的，这让我无比地恶心，让我深感侮辱……我之前说过，这种嫌恶让我义无反顾地与母亲断绝关系，甚至都不愿意对她策划复仇的阴谋。但是，母子的羁绊还是无法解开。

……然而，我看到母亲现在大概半是沉浸在母爱的悲伤里的时候，突然感觉到我获得了自由。我不知道是什么缘故。总之，我感觉母亲已经绝对不能威胁我了。

——母亲号啕大哭，哭得撕心裂肺。紧接着，她把手伸到我的脸颊上，轻轻地扇了一下。

"你这个不孝之子！忘恩负义的东西！"

便衣警官默默地看着我挨打。母亲在手指扇下来的时候就已经乱了方寸，毫无力量，反倒是她的指尖如霰一样落在我的脸颊上。虽然母亲打我，我却看见她的表情并没有失去哀求，于是我把视线从她的脸上移开。过了一会儿，母亲改变了语调。

"那么……你去那么远，怎么会有钱？"

"钱吗？向朋友借的。"

"真的吗？不会是偷来的吧？"

"真不是偷的。"

这仿佛是母亲唯一担心的事情，她听了以后，放心地松了一口气。

"是吗……什么坏事也没做吗？"

"没做啊。"

"嗯，那就好。你要好好向方丈赔礼道歉。虽然我已经向他赔不是了。你要诚心诚意向他道歉，请求他宽恕。方丈心胸开阔，度量大，我想他会留你下来的。如果你这次不洗心革面，妈妈就死给你看！你要是不希望妈妈死，那就痛改前非。只有这样，你以后才能成为一个了不起的和尚……好了，那你现在就赶快去道歉吧。"

我和便衣警察默默地跟在母亲后面。母亲都忘记了跟警察打声招呼。

我看着母亲系着别扭的腰带，迈着小碎步，无精打采的背影，心想是什么让母亲变得格外丑陋呢？让母亲变得丑陋的原因……是希望。希望，像顽疾的皮癣，湿乎乎、淡红色，让人瘙痒，比世间的任何东西都顽固地在肮脏的皮肤上筑穴建巢，这无可救药的希望。

※

入冬以后，我越发坚定了自己的决心。虽然计划的实施一再推迟，但是我并没有对这样的一拖再拖感到厌烦。

　　此后的半年期间，让我苦恼的是另外一件事。就是每到月底，柏木总是催债，通知我连本带息还钱，而且说话很难听，开始逼问我。但是，我是不打算还钱了，为了不见到他，只能旷课。

　　决心既下，我就不再摇摆不定，不再拘泥于来回变化，我自己都觉得不可思议。我游移不定的情绪业已消失。这半年里，我的眼睛只是一动不动地凝视着一个未来。这段时间里，我大概真正体味到幸福的含义。

　　首先，我感觉寺院的生活变得愉快起来。只要一想到金阁终归要化为灰烬，难以忍受的事情都变得可以忍受。就像预感到死亡的人一样，我对寺院里所有的人都亲切和蔼，待人接物落落大方，对任何事情都抱着体谅和解的心态。我甚至与大自然也是和谐相处。对冬日每天早晨飞来啄食落霜红上残留果实的小鸟的胸毛也倍感亲切。

　　我甚至忘记了对老师的憎恨！我摆脱了母亲、朋友，所有一切的束缚，成为彻底的自由之身。但是，我还不至于愚蠢到产生这样的错觉，以为这样的新生活让我舒适惬意，可以不必动手就能达到改变整个世界的目的。任何事情，从结局的角度来看的话，一切都是可以宽恕的。我觉得必须获得从结局的角度观察事物的目光，而且要把赋予结局的决断权掌握在自己手中，这才真正是我的自由的依据。

尽管烧毁金阁的念头是心血来潮，但这个想法如同定做的西服一样，穿在我身上，特别合适。仿佛我从出生那一天起，就已经立下这个志向。至少从父亲带着我第一次参观金阁那时候开始，这个愿望就在我心里生根发芽，等待着开花的日子。在少年的我的眼睛里，金阁具有世间无有的美，这使我具备了成为纵火者的全部理由。

昭和二十五年三月十七日，我修完大谷大学的预科的课程。再过两天，即十九日，这一天是我的生日，我就二十一周岁了。我预科三年级的成绩十分了得，是全班七十九名同学中倒数第一名，各科的成绩，最差的是国语，四十二分。旷课时数，六百一十六总课时中旷课二百一十八小时，超过三分之一。不过，还是佛心大慈大悲，这所大学没有留级这么一说，所以我也得以顺利进入本科。老师也只好默认。

尽管我荒废学业，可是从晚春到初夏这一段时间，我到各处免费的神社寺院参观游览，日子过得相当舒心美好。步行而去，凭借脚力，能去的都去了。我想起其中某一天的事情。

我在妙心寺正门前面的寺前町行走的时候，看见有一个学生模样的人以和我一样的步速在行走。他走到一家屋檐低矮的烟铺买烟的时候，我看见了他学生帽下的侧脸。

他眉毛逼仄，皮肤白皙，脸型犀利，从学生帽来看，是京都大学的学生。他眼角的余光扫了我一眼，那目光仿佛是一道浓厚的黑影流淌过来。我的直觉告诉我：他肯定是一个纵火者。

午后三点。这不是个适合放火的时间。在柏油马路上迷路的蝴蝶绕着烟铺上的小花瓶里枯萎的山茶花飞来飞去。白色的山茶花，还没有枯萎的部分呈现出茶褐色，仿佛是过火后的痕迹。公共汽车一直不来。路上的时间停止不动。

我不知道自己为什么会觉得这个学生正一步一步走向纵火，只是一眼就看出来了。他居然选择在最困难的光天化日下纵火，正朝着自己坚定意志的行为缓缓地迈出坚实的每一步。他的前方有烈火与破坏，他的背后有被遗弃的秩序。我从他多少显得有些严肃的校服后背感觉到了这一点。也许我的脑子早就描绘过，年轻的纵火者的后背就应该是这样的。阳光照射下的黑哔叽校服的后背充满不祥的凶险。

我放慢脚步，打算尾随他。我发现他的左肩有点倾斜，觉得这个背面的姿势就很像我。他远比我俊秀，但是，一定是同样的孤独、同样的不幸、同样对美的妄念，促使我们进行了同样的行为。我跟在他身后，感觉能提前看到自己即将实施的行为。

暮春的午后，过度的明媚和空气过度的懒倦，往往容易发生这样的事情。就是说，我变成双重人，我的化身事先模仿我的行为，以便于当我决断实施的时候，能清清楚楚地看到原本看不到的自身的姿态。

公共汽车一直不来，路上没有行人。我走到正法山妙心寺的巨大南门前，左右两扇门大大敞开，仿佛吞进一切现象。从这里望过去，敕使门和山门的柱子重叠在一起，佛殿的屋脊瓦、众多的松树，还有被清晰切割开的部分蓝天、几片薄云，都被山门吞没进去。我走近前去，看到宽阔的寺院里纵横交错的石板路、许许多多的塔头围墙以及其他各种各样的东西。只有穿过山门，才知道神秘的大门把全部的苍穹和所有的云彩尽行收纳在门内。这就是所谓的大伽蓝。

那个学生进了山门，在敕使门外转了一圈，站在山门前面的荷花池畔，然后走上横跨池塘的中国风格的石桥，仰望着高高耸立的山门。我想，他的目标是放火烧毁那座山门。

这一扇宏伟壮丽的山门被烈焰吞没，那是再合适不过的了。这么明亮的午后，大概看不到火焰吧。只是冲天的滚滚浓烟，而无形的火焰直上云霄，唯有苍天能看见歪斜摇晃、崩溃倒塌的山门。

学生走近山门，我为了不让他发觉，便绕到山门的东侧继续观察。正是外出化缘的僧侣回来的时间，三人一组的托钵僧穿着草鞋，踏着石板路，雁行归来。他们手上都拿着竹编斗笠。按照托钵化缘的规矩，在回到自己住处之前，目光只能收拢到自己前面三四尺的地方,他们互不说话,安静无声地从我的前面右拐而去。

学生在山门旁边又犹豫不决起来,最后身子靠在柱子上,从口袋里掏出刚才买的香烟,心神不定地看着四周。我想,他一定是用这香烟引火吧。果然,他把烟叼在嘴里,把脸凑过去划亮火柴。

火柴瞬间闪动出透明的小火光。我觉得学生大概连火的颜色都看不见,因为午后的阳光从三个方面围着山门,只有我所在的位置恰巧是在阴影里。学生靠在荷花池畔的山门柱子上,火离他的脸很近,浮现出泡沫般的东西,就那么一瞬间,然后就在他猛烈挥动的手势中熄灭了。

火是熄灭了,但学生似乎还放心不下,用鞋底使劲搓踩着扔在基石上的火柴。接着,他舒服地抽着烟,将留给我的失望丢在一边,走过石桥,经过敕使门,优哉游哉地走去,从看得见住家房屋的影子伸展到大路上的南门走出去⋯⋯

他不是纵火者,只是一个散步的学生。大概是一个有点寂寞、有点清贫的青年。

我对他的一举一动都仔细观察,他不是为了放火,只是为了抽一支烟,就那样慌手慌脚,环顾四周,这种胆怯懦弱,就是学生特有的打一点法律擦边球的喜悦;他那么认真踩灭已经熄灭的火柴的态度，就是他的"文化教养"，对他的这个动作，我特别看不上眼。就因为这种分文不值的教养，他的小小的火焰得到安全的管理。他大概为自己是火柴的管理者、对社会是一个完全负责的火的管理者而扬扬得意吧。

正是因为具有这样的教养，才使得明治维新以后京都内外的各个古老寺院没有遭受火灾。即使偶尔失火，也很快被切割、被缩小、被扑灭。而以前就不是这样。永享三年，知恩院失火，后来又数次遭受火灾。明德四年，南禅寺总院的佛殿、法堂、金刚殿、大云庵等都失火。元龟二年，延历寺化为灰烬。天文二十一年，建仁寺毁于兵燹。建长元年，三十三间堂烧毁。天正十年，本能寺毁于战火……

那个时候，火与火相互亲近，没有像现在这样被切割、遭蔑视，火总是和别的火携手联合，可以纠集出无数的火焰。人也是如此。火无论在哪里，都可以呼唤别的火，它们的声音互相呼应。古代寺院的烧毁都是由失火或者延烧或者战火引起的，没有留下人为纵火的记录。如果在某个古代也有像我这样的人，只要找个地方躲藏起来，屏息凝神地等待时机就可以了。所有的寺院必定会被烧毁。火是丰富的，是放纵的，只要耐心地等待，火必定会利用可乘之机，一哄而起，火与火互相携手，完成最后的使命。金阁完全是由于极其罕见的偶然因素，才免受火灾。火自然而生，灭亡与否定是它的常态，建造的伽蓝必定烧毁，佛教的原理与法则严密地统治着大地。即便是人为纵火，由于极其自然地诉诸火的诸般威力，所以所有的历史学家都不会认为是人为纵火吧。

那个时候，社会动荡。昭和二十五年的今天，社会动荡也不亚于当年。既然当时的寺院由于动荡被烧毁，那么现在的金阁难道就不应当被烧毁吗？

※

我懒得上课，却经常去图书馆。五月里，有一天，我与躲避不见的柏木不期而遇。他见我回避的样子，兴致勃勃地追了过来。只要我一跑，他的 O 型腿肯定追不上，不过，我反而站住了。

柏木抓住我的肩膀，大口喘气。这时应该是五点半左右，已经放学了。我为了避开柏木，从图书馆出来以后，绕到学校后面，沿着西边简易教室与高高石墙之间的道路走过来。这个地方是一块荒地，野菊丛生，地上扔着纸屑和空罐，外面的小孩子偷偷溜进来，正在练习棒球的投接球。他们喧闹的声音，让我从破玻璃窗望进去的一排排满是灰尘的课后教室更显得空旷冷清。

我停下来的时候，已经走过空地，正好来到主楼西边、挂着花道部的"工房"字样牌子的小房子前面。沿着墙壁是一排樟树，在小房子屋顶上方的枝叶，将夕阳映照的细小叶影投射到主楼的红砖墙上。沐浴着夕阳余晖的红砖墙明媚而生动。

柏木喘着粗气，靠在墙壁上，支撑自己的身体，樟树摇曳的叶影装饰着他从来不变的憔悴的脸颊，给予他奇妙摇动的阴影。也许是红砖墙的反衬使他出现了这种很不相称的暗影。

"五千一百日元。"他说，"到本月——五月底，就是五千一百日元。你靠自己越来越还不起了吧。"

柏木总是把借条放在前胸口袋里，他把折叠得整整齐齐的借条拿出来，打开来给我看。我刚要伸手去取，他大概害怕我会撕掉，急忙慌慌张张地折叠起来重新放回口袋里，所以我的眼睛里只留下那可恶的红色大拇指印的残象。我的指纹看上去极其阴惨。

"你赶快还吧。这是为你好，你先把学费什么的挪过来不就行了嘛。"

我没有回答。面对世界的破灭，哪里还有还债的义务呢？我心头一动，想给柏木少许的暗示，但立即打消了这个念头。

"你不说话，我怎么知道你的想法呢？是不是怕结巴难为情呢？现在是什么时候了！你结巴，连这个都知道……"他用拳头敲打着夕阳映照的红砖墙，拳头染上红褐色的砖粉，"连这堵墙都知道。学校里谁不知道你是结巴啊。"

但是我依然默不作声，与他对峙。这时，孩子们练习的棒球扔偏了，滚到我们两人之间。柏木弯腰想把球捡起来扔回去。我冒出一种看笑话的坏心眼，想看他的 O 型腿怎么扭动才能把离他一尺远的球抓到手里。我的目光不经意地落在他的脚上。但是，可以说柏木的察觉能力异常神速，他直起刚要弯下去的腰，盯着我，他的目光饱含着憎恨，失去他平常惯有的冷静。

　　一个孩子提心吊胆地走过来，从我们之间捡起球就跑走了。柏木终于说道："好。既然你是这种态度，我也有我的招数。下个月我回老家之前，不管怎么说，我该拿到的就会拿到手。你等着瞧吧！"

※

　　一到六月，重要的课程逐渐减少，学生们各自开始忙着回家的准备。六月十日这天发生的事情，我无法忘记。

　　从早晨就开始下雨，入夜后，变成倾盆大雨。药石以后，我在自己的房间里看书。八点左右，听见从客殿通往大书院的走廊传来脚步声。老师难得不出门，好像有人来访了。但是，这脚步声显得怪异，如同乱雨击门。带路的僧人脚步声规律平静，那客人的脚步在走廊的旧地板上则发出异常的吱嘎声，而且缓慢迟钝。

雨声笼罩着鹿苑寺黑暗的屋檐。滂沱大雨倾泻在这座古老的大寺院，让无数空荡荡、略带霉味的房间的夜晚显得更加黢黑深沉。厨房、执事寮、殿司寮、客殿，能听到的都是瓢泼大雨的声音。我觉得现在的金阁是暴雨的世界。我稍微拉开房间的隔扇，只见铺满石子的中院已是雨水流溢，雨水在石子之间横流，露出泛着黑色光泽的石子圆顶。

新来的师弟从老师的房间退出来，经过我的房门前时，把头探进来，说道："一个名叫柏木的学生到老师那里去了。他不是你的朋友吗？"

我顿时忐忑不安起来。这个白天在小学教书的近视眼师弟正要离去，我叫住他，让他进屋。因为我无法忍受独自一人想象柏木和老师在大书院谈话的那种难受。

过了五六分钟，传来老师的摇铃声。铃声撕破雨声，威严而凌厉，接着戛然而止。我们面面相觑。

他说道："是叫你去。"

我无奈地站起来。

老师的桌子上摊放着摁有我手印的借条。老师拿起借条的一端，让跪在走廊上的我瞧一眼，没叫我进屋。

"这的确是你的手印吧？"

我回答："是的。"

"你让我犯难。今后要是再有这种事，你在这个寺院里就待不下去了。你自己想好了。另外还有种种事情……"老师说到这里，大概顾忌柏木在场，就没有继续往下说，"钱由我来还。你可以走了。"

老师的这一句话让我可以从容地看一眼柏木。他老老实实地坐在那里，但到底没敢看我。他作恶的时候，面部会流露出仿佛发自性格深处的最纯真的表情，这一点连他自己都是无意识的，只有我看得明明白白。

我回到了自己的房间，听着外面哗哗的雨声，感觉我在孤独中突然获得了解放。那个师弟已经走了。

老师说"你在这个寺院里就待不下去了"。我第一次从老师的嘴里听到这句话。换句话说，这是老师为他今后的行为做出的约定。事态已经十分明朗，老师已经有了把我赶出寺院的想法。既然如此，就必须从速行动。

如果柏木今晚没有采取这样的行动，我就没有机会听到老师亲口说的这句话，很可能会拖延行动的时间。想到是柏木给予了我决断的力量，心头就涌现对他的感激之情，虽然这种感谢显得有点怪异。

雨势不见减弱。已是六月，还有微寒的感觉。五叠榻榻米的储藏室板房在昏暗的灯光下显得凄凉岑寂。这就是即将被驱赶出山门的我的住房。房间里没有任何装饰布置，榻榻米的黑边已经变色破损，歪扭变形，露出里面的硬硬的线头。我回到黑暗的房间开灯的时候，脚指头就经常被破损的地方绊住，却从来没有修理过它。我对生活的热情与榻榻米等全然无关。

当夏季逐渐进入我的五叠榻榻米的空间时，房间里就弥漫着我的酸臭味。可笑的是，我是一个僧侣，也具有青年男性的体臭。我的体臭渗透进四周泛着黑色幽光的粗大柱子以及旧木板门里，于是从长年累月所形成的幽寂情趣的木纹之间散发出年轻的生物般的恶臭。这些柱子和木门差不多都化为腥膻却不动的活物。

这时，刚才我听见的那种怪异的脚步声又沿着走廊传过来。我站起来走出去，只见柏木背对着在老师房间的灯光映照下的陆舟松那高高昂起的、湿漉漉的墨绿色的船头，站在我面前，那姿势就像一个内置零件忽然失灵的机器人。我面露笑容。柏木见我如此，脸色第一次露出近乎恐惧的表情。我心里非常满足，说道："到我房间里来吗？"

"说什么啊？别吓唬我。你是一个怪人。"

——在我的相邀下，柏木终于像平时那样半蹲下来，缓慢地侧身坐在薄薄的坐垫上，抬头环视室内。雨声如厚实的幕布把屋子封闭起来。雨水飞溅在外廊上，有的雨滴跳起来反溅到隔扇的各处。

"好了，你也别怨我。我也是不得已才这么做。说起来，这完全是你自作自受。"

他从口袋里掏出一个印有鹿苑寺字样的信封，取出钞票数了数。钞票是今年正月刚刚发行的崭新的一千日元的新票，只有三张。

我说道："寺院的钞票都是新的。老师有洁癖，副司每隔三天都要拿着旧钱去银行换新票。"

"你瞧瞧，就给三张。你这儿的和尚真抠门。他说不认可学生之间的借贷有利息，可他自己却拼命捞钱。"

这个结果出乎柏木的意料，他的失望让我感觉由衷的愉快。我毫无顾忌地笑起来，他也跟着笑了笑。但是，这样的和解瞬间消失，笑容一收敛，他看着我的额头极其冷漠地说道："我看出来了，你好像这一阵子在图谋干一件毁灭性的大事。"

我艰难地承受着他那沉重的眼光，但是，他的"毁灭性"的理解与我的志向相距甚远。于是我立即冷静下来，用流利的语调回答道："不。……什么也没有。"

"是吗？你这家伙真怪。我过去遇到的人中，你是最怪的。"

我知道他是因为见到我的嘴角尚未消失的亲切微笑才这么说的，但是我完全可以预想到，他绝不会察觉到我此时心中涌现出来的感谢的含义，于是我更加自然而然地舒展我的微笑。我从世间常有的友情这个层面问道："你要回老家吗？"

"嗯，打算明天回去。三宫的夏天哦，也很无聊……"

"那这期间在学校就见不到你了。"

"什么啊？你根本就不去学校……"说着，柏木急急忙忙地解开校服的扣子，把手伸进衣服内侧的里袋里，"……回老家之前，我特地带来一样东西，让你高兴高兴。因为你不惜高价买过这玩意儿。"

他把四五个信封扔在桌子上。我看了一眼寄信人的名字，大吃一惊，他却若无其事地说道："你看看吧。这是鹤川的遗物。"

"你同鹤川是好朋友吗？"

"算是吧。按我的方式来说是好朋友，可是，他生前特别不愿意别人知道我们是好朋友。他只对我说真心话。他死去有三年了，我想现在可以给别人看了。因为和你关系密切，所以我一直打算什么时候只给你看看。"

写信的日期，都是在他死之前不久。昭和二十二年五月，几乎每天一信，从东京寄给柏木。他从来没有给我写过信，看来是他回东京后的第二天就给柏木写信。一看就知道是他那种有棱有角的笨拙的字体。我感觉些许轻微的嫉妒。我一直觉得他对我从来没有伪装自己透明真实的感情，有时还贬低几句柏木，责备我与柏木的交往；可是万万没想到，他自己却和柏木如此亲密无间，而且还一味瞒着我。

我按照日期顺序，开始阅看写在薄薄信纸上的小字。文笔拙劣得无法形容，思路断断续续，很不连贯，不能顺畅地看下来，但可以从字里行间隐隐约约地感觉到他的痛苦。看到他后面的信件时，鹤川的痛苦之情跃然纸上，感同身受，看到最后，我自己也潸然泪下。但是，我虽然黯然落泪，同时也为他凡庸的苦恼而感到惊讶。

那不过是一起到处都有的小小的恋爱事件，不过是他与父母亲不同意的女方进行的一场天真单纯的不幸的恋爱。然而，大概是鹤川在写信的时候不知不觉间对自己的感情加以夸张的缘故，以下这段话让我大为惊愕：

现在回想起来，这不幸的恋爱也许是我不幸的心造成的。我阴暗的心与生俱来。我觉得我的心从来就不知道什么叫开朗的舒心。

我看到最后一封信的结尾，激流般的语气戛然而止，于是，我第一次对先前做梦都没有想过的疑惑恍然大悟。

"莫不是……"

我刚一开口，柏木就对我点了点头。

"是的，是自杀。我也只能这么判断。他家里人为了面子，就把什么卡车搬出来……"

我怒上心头，结结巴巴地逼问柏木："你给他回信了吗？"

"写了。听说是在他死后才送达的。"

"你都写什么了？"

"我就写几个字，'你别死'。"

我沉默不语了。

我一直确信感觉不会欺骗我，但如今这个确信已经化为泡影。

柏木一下子击中我的要害："怎么样？看完以后，你的人生观改变了吧？一切计划都会破产。"

柏木在鹤川离世三年以后给我看他的信，其用心昭然若揭。即使我受到如此的冲击，但是，那个少年躺在夏天的草地上，朝阳透过树木的枝叶洒落在他的白衬衫上的斑驳阴影依然无法从我的记忆中抹去。鹤川死去三年了，已经物是人非，我本以为托付给他的东西与死一起消失了，然而，在这个瞬间，他反而带着另外的现实性复苏过来，让我更相信记忆的实质，而不是记忆的含义。我坚信，如果再不信记忆的实质，生本身就会彻底崩溃。……然而，柏木俯视着我，满足于刚才他亲手做出的对心灵的杀戮。

"怎么样？你心中大概有什么东西崩溃了吧？我无法忍受我的朋友一天到晚抱着毁灭的东西而活着。我对你亲切的友情，就是千方百计地打碎这种毁灭的东西。"

"如果打不碎，你打算怎么办？"

"你别耍小孩子脾气了，死不认输。"柏木嘲笑道，"我告诉你，能够改变这个世界的是认识。听明白了吧，没有别的任何东西可以改变世界。只有认识，可以在世界不变、原原本本的状态下改变世界。从认识的眼光来看，世界永恒不变，同时又是永恒变化的。你可能会说这有什么用呢？但是我要说，为了忍耐这个生，人就必须拿起认识这个武器。动物不需要，因为动物没有忍耐生的认识。认识就是把对生的忍耐度直接变成人的武器，但忍耐度并不因此有所减轻，如此而已。"

"你不认为还有忍耐生的别的方法吗？"

"没有。剩下的不是发疯就是死。"

"改变世界的绝不是认识什么的。"我情不自禁地冒着几乎是自白的危险反驳道，"改变世界的是行为。仅此而已。"

柏木果然带着脸上仿佛贴上一层冷膜般的微笑截住了我的意见。

"你又来了。又说到行为了。可是，你不觉得你所喜欢的美的东西是在认识的守护下嗜睡的东西吗？就是你以前对我说过的《南泉斩猫》中的那只猫。那只美得无法形容的猫。两堂僧侣之所以争吵，是因为他们根据各自的认识守护猫、养育猫，让它舒舒服服地酣睡。而南泉和尚是个行动者，所以果断地斩猫扔掉。

后来进来的赵州把自己的鞋子顶在头上。他想说的其实是这个意思：美在认识的守护下应该睡眠。但是，并不存在个人的认识，不存在各自的认识。所谓认识，是人的大海，也是人的原野，就是人的一般性存在的形态。我想这就是他想说的话。你现在是冒充南泉吧。……美的东西、你所喜欢的美的东西，这是人类精神中委托给认识后残余的部分，是剩余部分的幻影，就是你所说的'忍耐生的别的方法'的幻影。这个东西可以说原本就是没有的。可以这么说，增强幻影的力量、尽量赋予其现实性的还是认识。对认识来说，美绝不是慰藉。它可以是女人，是妻子，但绝不是慰藉。然而，当认识与这种绝不是慰藉的美的认识结合以后，肯定会生出什么来。这个生出来的什么，一定是无常、幻想、无奈的东西，世间的人们称之为艺术。"

"美……"我刚说出口，就口吃得厉害。我的思路本来就毫无头绪，而此时，我的脑子里掠过一个念头：我怀疑我的结巴恐怕就是由我的美学观念引起的。"美……美的东西，已经成为我的仇敌。"

"你说美是仇敌？"——柏木惊讶地瞪圆了眼睛，他兴奋的红脸重新浮现出平时那种哲学性的爽快，"你的变化真大啊。听了你的这些话，我必须把自己认识的透镜度数与你对焦调整了。"

……接着，我们继续进行长时间的亲热的交谈。雨一直下个不停。他临走的时候，向我介绍我没有去过的三宫、神户港的情形，以及夏天里巨轮出港的景象，这唤醒了我对舞鹤的回忆。不论认识和行为有多么不同，任何东西都无法替代观看轮船出港的喜悦，这是我们两个穷学生的意见第一次达成共识。

第九章

老师总是在应该给予我训诫的时候，不但没有垂训，反而给我施加恩惠，我想这大概并非偶然。柏木来讨债五天后，老师把我叫去，亲手把第一学期的学费三千四百日元、上学交通费三百五十日元、文具费五百五十日元交给我。学校规定，下学期的费用必须在暑假前缴纳。但发生那件事以后，我没想到老师还会给我这笔钱。老师如果不再信任我，即使打算支付我的学费，也完全可以通过邮局把钱汇给学校。

但是，即使老师亲手把钱交给我，我比老师更清楚他对我的信任完全是虚伪的。在默默无言地赐予我的恩惠中，就带有如他粉红色的、软绵绵的肉体样的东西。这是充满虚伪的肉体，这是以信任应对背叛、以背叛应对信任的肉体，这是不会被任何腐烂所侵蚀、静悄悄地在温暖的淡红色中繁殖的肉体……

正如警察突然闯进我住宿的由良旅馆时我害怕自己被暴露一样，我又开始胡思乱想，老师会不会已经看穿了我的阴谋计划，于是试图用钱对我的果断行动加以阻挡遏制呢？我对自己的妄想感到恐惧。我感觉这笔钱只要还小心翼翼地保存在我身上，自己就不会产生决然行动的勇气。所以，必须尽快想办法把这笔钱花出去。穷人想不出花钱的好方法。我必须找到一个花钱的途径，让老师知道后会怒不可遏，命令我即刻滚出寺院。

这一天轮到我在厨房值班，晚餐后，我在典座洗碗，不经意间看了一眼已经没有人、安静下来的饭厅。典座与饭厅之间被煤烟熏黑的柱子上贴着一张几乎已经变色的纸张，上面写着：

阿多古① 祀符

火烛小心

……我的心仿佛看到被这张护符镇封的囚禁之火那苍白的形态，曾经那么辉煌不羁的烈焰，在一张古老的护符的背面颤动着病衰微弱的奄奄一息的惨白火苗。要说我这一阵子对火焰的幻影感觉到一种肉欲的冲动，人们会相信吗？如果说我的生的意志一心系在火焰上，我的肉欲不是也应该自然而然地指向火焰吗？我的欲望造就火焰柔弱纤细的姿态，火焰透过闪耀着黑色亮光的柱子意识到我凝神的目光，于是温柔优雅地装扮自己，它的手、它的四肢、它的身体都那样地柔软袅娜。

---

① 阿多古，即爱宕神社，祭神是火产灵命，是防火之神。

六月十八日晚，我怀里揣着钱，悄悄溜出寺院，照例来到叫作五番町的北新地。我早听说这里价格便宜，对寺院小和尚的态度也很亲切。从鹿苑寺到五番町，走路也就三四十分钟。

那天晚上湿度大。薄云微阴，月色朦胧。我穿着土黄色的裤子，夹克外面套着和服短外套，脚蹬木屐。大概几个小时以后，我依然穿着这一套衣服回来。我预想到我的本质即将变成完全不同的另一个人，我是怎么让自己接受这一点的呢？

的确，我是为了生才试图烧毁金阁，但我的所作所为与死亡前的准备极为相似。正如决心自杀的处男在实施计划之前去花街柳巷一样，我也是如此。放心好了。这些人的行为就像在一份格式公文上签名一样，即使失去童贞，他们也绝不会变成"另一个人"。

这次我可以不必害怕以前那样屡次的失败、金阁遮挡在女人和我之间。因为我没有任何梦想，不打算通过女人参与人生；因为我的生已经被确定在远方，我以前的一切行为只不过是阴惨的手续。

……我这样说服自己，同时想起柏木说的话："因为烟花女子并非喜欢客人而接客，所以无论是老人、乞丐、独眼龙还是美男子，乃至她们并不知情的麻风病人，都会成为她们的客人。男人一般都会基于这种平等性，放心地进行第一次寻花问柳。然而，我讨厌这种平等性。我和四肢健全的男人一样，以同等的资格被她们接受，这让我无法容忍，这对我是极其可怕的自我冒渎。"

想起上述柏木说的话，我心情很不愉快。但是，尽管自己有口吃的毛病，但毕竟是四肢健全的男人，这一点与柏木不同，只要相信自己是极其常见的丑陋就行了。

我又愚不可及地开始惶惶不安起来，心想：虽说如此，女人会不会凭借她们的直觉从我丑陋的额头上看出我具有某种天才型犯罪者的标志呢？

我开始踟蹰不前，我已经想不明白，自己究竟是为了烧毁金阁来告别处男，还是为了告别处男而烧毁金阁的呢？这个时候，我的心中忽然莫名其妙地浮现出一个高贵的词语——"天步艰难"①，我一边反复念叨着"天步艰难、天步艰难……"，一边往前走。

不知不觉间走过弹子房、小酒馆等热闹喧吵的街道，来到尽头时，看见一排亮着荧光灯、悬挂着浅白色纸灯笼的幽暗之处，两边是排列整齐的小屋子。

从寺院出来的时候，我就沉浸在有为子依然活着、在这一带隐居生活的妄想中。这种妄想给予了我力量。

自从决心烧毁金阁以后，我再次回到少年初期那种天真纯洁

---

① 典出《诗经·小雅·白华》："天步艰难，之子不犹。"

的状态，所以考虑到如果能再次邂逅人生初次见过的那些人和物，那该多好。

我虽然每天都平安地活着，但奇怪得很，感觉不祥的念头与日俱增，好像明天死神就会来迎接我，我虔诚祈祷在烧毁金阁之前千万不能死去。这种不祥绝不是生病，我连疾病的迹象都没有。但是，我一天比一天地感觉到，所有让我活下去的条件的协调以及责任全部都压在自己的肩膀上，非常沉重。

昨天大扫除的时候，笤帚的细竹条扎进我的手指头，就这么点的小事都让我惶恐不安。我想起有一个诗人①因为手指头被玫瑰刺扎破而死去的事情。凡庸的人不会因为这点小事而死去的。但是，我现在已经成为一个重要的人物，不知道什么样的命运之死在召唤自己。手指头的伤口幸好没有化脓，今天按了按那里，只有微痛。

不言而喻，为了去五番町，我做了充分的卫生准备。前一天，我特地到很远的一家以前没去过的药店购买了安全套，那结霜似的薄膜呈现出孱弱的不健康的颜色。昨天晚上，我就拿一个出来试用了一下。在茜红色的蜡笔随手胡乱画的佛像、京都观光协会的日历、禅林日课恰好打开的《佛顶尊胜陀罗尼经》②、脏兮兮的

---

① 指奥地利诗人里尔克（1875—1926），据说在采摘玫瑰时被刺扎破手指，引发急性败血症。医生诊断为肝脏功能衰竭及白血病。著有诗集《生活与诗歌》《祭神》《梦幻》《祈祷书》等。
②《佛顶尊胜陀罗尼经》，佛教密宗经典。是佛陀为善住天子宣说攘灾延寿之法，显示尊胜陀罗尼之灵验。

袜子、草根倒竖的榻榻米……这些东西之间，竖立起我的那个东西，
如一尊光滑的、灰色的、无眼无鼻的不祥的佛像。这个令人恶心
的姿势让我想起那个如今仅仅在口头流传下来的所谓"罗切"① 的
凶残的行为。

……我走进并排悬挂着灯笼的胡同。

百余栋外表一模一样的小屋鳞次栉比。据说只要委托这里的
总头目，在这里连通缉犯都可以轻而易举地藏匿。只要总头目摁
一下电铃，就能传遍每一家妓院，告知通缉犯危险已经逼近。

每一家的门口旁边都开着一个黑乎乎的直棂窗，每一家都是
二层楼建筑，沉重古旧的瓦屋顶都是同样的高度，浸泡在湿漉漉
的月光里。每一家的门口都挂着印染有"西阵"两个白字的蓝色
布帘，身穿白色罩衣的老鸨斜歪在门帘旁边观察外面。

我毫无快乐的念头，仿佛自己从某种秩序中被排挤出来，独
自离列，拖着疲惫不堪的双腿在一个荒凉的地方踽踽独行。怫然
不悦的欲望在我的心中背对着我抱膝蹲下。

我一路上总在考虑：无论如何，在这里把钱花掉就是我的义务。
总而言之，就在这儿，把学费统统花掉。因为只有这样，才能给老
师制造一个最严厉的把我驱出山门的借口。

---

① 罗切，指日本古代的一种阉割。起源于江户时代，有的僧侣为杜绝性欲，采取自官的方法。

我没有从这个想法中发现什么不可思议的矛盾，其实如果这是出于我的真心本意的话，我必须爱自己的老师。

大概还不到时间，路上行人很少。我的木屐声显得格外响亮。老鸨们单调的揽客声音顺着梅雨低垂的潮湿空气爬动着传过来。我的脚指头使劲夹住松动的木屐带。心想，终战后我在不动山山顶上眺望的无数闪烁的灯火夜景中，应该就有这一带的灯光吧。

我所去之处，应该就是有为子所在之处。我来到十字路口拐角处的一家挂有"大泷"牌子的妓院，不管不顾地掀开门帘就钻进去。眼前是一个大约六叠榻榻米大小的铺着瓷砖的房间，里面的椅子上坐着三个女人，像等火车一样，一副疲惫憔悴的模样。其中一个人穿和服，脖子上缠着绷带；另一个穿西服，正低着脑袋把袜子撸下来在小腿肚上使劲挠痒。有为子不在。她不在让我放心。

挠痒的女人像小狗听到呼叫名字一样抬起头来。这是一张看似浮肿的圆脸，像儿童画那样显眼，涂抹着白粉和口红。可是，我从她的眼睛里看到——这么说有点怪异吧——一片善意。她就像在街头碰见陌生人那样看着我。我心中对这一双眼睛毫无欲望。

如果有为子不在的话，别的什么人都行。抱着某种期待挑三拣四反而失败，我还残留着这样的迷信。就像女人没有挑选客人的余地一样，我也不用挑来挑去。必须丝毫不能让那种恐怖的、让人有气无力的美学观念介入进来。

老鸨问道："您挑哪一个？"

我指了指那个挠痒的女人。她小腿肚发痒，大概是被在瓷砖上爬动的豹脚蚊叮咬的，那小腿上叮咬的红斑就是连接着我与她的缘分。……正因为她的痒痒，她获得了以后成为我的证人的权利。

女人站起来，走到我身边，翘起嘴唇笑了笑，还稍微碰了碰我穿着夹克的胳膊。

在登着黑暗陈旧的楼梯上二楼的时候，我又想起有为子。在这个时间，她已经不在这个时间的世界里了。既然她不在这里，现在即便四处寻找，肯定也无法找到她。她现在好像到我们所在的世界的外面什么澡堂洗浴去了。

我觉得有为子生前就能够随心所欲地进出这种双重世界。在发生那起惨剧的时候，她曾想过拒绝这个世界，可是后来又接纳了这个世界。死对于有为子来说，也许只是短暂的事情。她遗留在金刚院游廊上的鲜血，也许不过是早晨开窗时飞进来的一只蝴蝶遗留在窗台上的鳞粉而已。

二楼中间是面对中院的楼梯井，四周围着古色古香的镂空雕刻的栏杆，房间之间架着晒衣竿，搭着红色内裙、裤衩、睡衣等衣服。在黑蒙蒙的光线中，朦朦胧胧的睡衣像个人影。

不知从哪个房间传出来女人的歌声，歌声很柔和，时而有男人走调的歌声附和。歌声停歇下来，短暂的沉默之后，传来女人断断续续的笑声。

"——还是她啊，"陪伴着我的女人对老鸨说道，"总这个样子。"

老鸨将她四方形的后背固执地对着传来歌声的那个方向。我被带进一间毫无风情的小房间，只有三叠榻榻米大小，本应是厨房的地方改为壁龛，里面摆着布袋和尚神像、招财猫。墙上贴着一张记事纸条，挂着月历。天花板上吊着一盏三四十烛光[1]的昏暗电灯。从敞开的窗户传来外面嫖客稀稀落落的脚步声。

老鸨问我是钟点还是过夜，钟点是四百日元。接着，我还要了酒和下酒菜。

老鸨接过钱就下楼去了，但女人并不到我身边来。老鸨把酒菜送上来的时候，在她的催促下，女人才靠过来。我看见她的鼻子下面被手擦得有点发红。不仅仅是小腿，她平时闲得无聊，大概对身体各处又是挠又是擦。不过，这鼻子下面发红，说不定是口红沾上去的。

我是有生以来第一次寻花问柳，对自己如此细致的观察都觉

---

[1] 烛光，光度单位。日本 1961 年废止。一烛光约为一瓦。

得惊讶。我打算从我的所见中寻找快乐的证据。我就像观察细微精密的铜版画一样观察这里，这里的一切仿佛是平整地贴在离我有一定距离的地方。

女人告诉我，她名叫鞠子，接着说道："先生，我以前见过您。"

"我是第一次。"

"到这样的地方，真的是第一次？"

"第一次。"

"也许是吧。瞧您的手在发抖。"

被她这么一说，我才发觉自己拿着酒盅的手的确在颤抖。

老鸨说："真是这样的话，鞠子今晚好运气啊。"

鞠子粗鲁地说："是真是假，一会儿就知道。"

但是，在我看来，她的话没有一点肉欲的感觉，她的心放在与我的肉体、她的肉体都毫无关系的地方，就像与玩伴走散的孩子那样独自玩耍。她穿着浅绿的罩衫和黄裙子。大概是借用朋友的指甲油玩玩吧，只把双手的大拇指甲涂得通红。

走进八叠榻榻米大小的寝室里的时候，鞠子一只脚踩在被子上，拉了一下从灯罩上长长垂下来的灯绳。在灯光照射下，友禅缎被上的花纹鲜明地浮现出来。漂亮的壁龛里摆放着法国人偶。

我笨手笨脚地脱衣服。鞠子将一件粉红色的毛巾浴衣披在肩上，然后轻巧地脱下西服。我拿起枕边的水，咕嘟咕嘟喝了不少。

女人听见喝水声，说道："你可真能喝水。"

她背对着我，笑了起来。

躺进被窝里，两人面对面，她用手指轻轻点了点我的鼻子，说道："你真的是第一次来这里玩？"

说罢，她又笑起来。在枕边地灯昏暗的照明中，我依然没有忘记观察，因为亲眼观察是我生存的证据。不过，我还是第一次看见别人的一双眼睛离我这么近。于是，我过去观察世界的远近透视法完全瓦解。别人无所畏惧地侵犯我的存在，她的体温以及廉价香水的气味，逐渐增加水量，最后浸泡吞没我的全身。我第一次看见自己融入了别人的世界。

我完全作为最基本的结构性单位中的一个男人被她接待了。我从来没有想过还有人这样对待我。我脱掉口吃，我脱掉丑陋和贫穷，在我脱掉衣服之后，我又脱掉无数的衣服。我的确得到了快感，但是我无法相信享受快感的就是我。在心灵的远方，我被疏远的感觉汹涌而生，却很快崩溃坍塌。……我忽然离开她，把额头贴在枕头上，用拳头轻轻敲打冰凉麻木的头部。我感觉我被所有的东西都抛弃了，但这也没让我流下泪水。

完事以后，枕边私语，女人说她是从名古屋那边流落此地的，但是我心不在焉，带听不听，心里只是一味想着金阁。不过，只是抽象性的思索，并不是平时那样沉淀着厚重肉感的思考。

"请您以后再来啊。"

我感觉鞠子也就比我大一两岁。事实上正是如此。她的乳房就在我面前，汗水津津。这只是普普通通的肉体，绝不会变为金阁。我战战兢兢地用指尖抚摸。

"这玩意儿真有意思。"

鞠子抬起身子，像玩弄小动物一样，捧着自己的乳房轻轻摇动，注目观看。我从这肉团的晃荡中想起舞鹤湾的夕阳。夕阳的易衰与肉体的易衰在我心中结合在一起。我想象这眼前的肉体也将和夕阳一样，很快就要被重重暮云包裹，横躺在暗夜的墓穴深处，于是我放下心来。

※

第二天，我又去找这个女人。不仅因为剩下的钱还足够花，更主要是由于第一次这样的行为给予我的快乐要比想象的贫乏，所以有必要再去试一试，哪怕只是少许，也想尽量接近想象中那样的愉悦。我现实生活中的行为，与别人不同，总是有一种忠实模仿想象的努力倾向。我说"想象"这个词未必恰当，应该改为"我的源头记忆"才是准确的。我有一种感觉，就是在我的人生中早晚都会经历的各种体验，我都早就以最光辉的形式事先体验过了，我无法驱赶掉这个感觉。即使是这种肉体行为，我也觉得已经在我想不起来的时间和地点（大概是和有为子）享受过更强烈、更酥麻的官能的愉悦。这成为我所有快乐的源泉，而现实生活中的快乐不过从中掬一捧水而已。

我觉得自己在遥远的过去，曾在什么地方眺望过无与伦比的壮丽的晚霞。后来我所看到的晚霞都多少有所逊色，这难道是我的罪过吗？

那个女人昨天对我太一般化了，所以今天我揣着前几天在旧书店购买的一本文库版书前往。这本书是贝卡利亚的《论犯罪与刑罚》①。这是一本十八世纪意大利刑法学者的著作，是启蒙主义与合理主义的古典式套餐，我看了几页就扔到一旁，可心想说不定那个女人对这个书名感兴趣呢。

鞠子还是用昨日那样的微笑迎接我。同样是微笑，却没有留下任何"昨天"的痕迹。而且她对我的亲切，虽然也有在街头偶然遇见人的那种亲切，但那是因为她的肉体也像是某个街头上的东西。

在小客厅里饮酒交谈，也不像昨天那样生疏客套。

①《论犯罪与刑罚》，意大利刑法学家切萨雷·贝卡利亚著。1764年出版。他提出后来为现代刑法制度所确立的刑法基本原则，首次阐述无罪推定原则的基本思想。这部著作是刑事法学的经典。

老鸨说道："初度春风，重来叙旧，年纪轻轻的，挺懂得风流。"

鞠子说道："不过，你每天来，和尚会不会责备你呢？"我被她识破，露出吃惊的神色，她继续说道："这我还是明白的，现在的人都是大背头，要是理个平头，那肯定是僧侣。像我们这儿，现如今已经是了不起的大和尚，在他们年轻的时候都光顾过这里。……好了好了，唱歌吧。"

鞠子冷不丁提议，自己唱起《海港女人》之类的流行歌。

第二次行为是在已经熟悉的环境中，顺畅轻松地完成的。这次我也本想见识一下快乐，但还是并非自己想象的那样，只不过是一种自己适应之后，对自我堕落的满足而已。

完事以后，女人以年长者的口气给予我感伤性的告诫，结果彻底破坏了我仅有的一点兴致。

"我觉得你最好不要老往这里跑。"鞠子说道，"你是一个老实人，我是这么觉得。不要陷得太深，还是认认真真地把精力花在做生意上吧。我当然也想你常来，不过我说这些话的心情，希望你能够理解。我觉得你就像是我的弟弟。"

鞠子的这一番话，大概是从什么无聊的小说上学来的，其实她并没有深意，只是把我作为对象编入她创作的一个小小的故事里，期待与我共享她所营造的情绪。如果我被她的话感动得泪流满面，那就是最佳的效果。

但是，我没有这样做，而是突然从枕边把那本《论犯罪与刑罚》拿出来，放到她鼻子前。

鞠子什么话也没说，顺从地拿过书，翻了几页，然后扔回原处。这本书已经从她的记忆中消失。

我本来期望我与她相识的命运中能让她有什么预感，至少可以让她更加靠近我的意识，在世界没落中助我一臂之力。我认为对于一个女人来说，这应该不是随随便便的事情。我苦思焦虑的结果是，终于说出我不该说的话。

"一个月……对，不出一个月，报纸上就会出现我的名字，特大新闻。这样的话，你就会想起我。"

话一说完，我就感觉心脏剧烈地悸动。然而，鞠子笑了起来，笑得连乳房都在颤动，一边拿眼睛瞟我，一边咬着和服的袖口忍住笑，接着又忍俊不禁，笑得前仰后合，全身战栗。这有什么好笑的？她肯定也说不清楚。她大概有所察觉，便停住了笑。

"有什么可笑的呢？"我的提问愚蠢之极。

"可是你撒谎啊，所以觉得好笑。你撒的谎也太大了。"

"我没有撒谎。"

"好了。啊，真可笑。真是笑死人了。你是满嘴谎言，还装作一本正经的样子。"

鞠子又笑起来。其实她笑的理由很单纯，也许只是我刚才说话劲头过猛，引起严重口吃的缘故吧。总之，她完全不信我的话。

她不信。即使眼前发生地震，她肯定也不信。即使天崩地裂，也许只有她一个人不会崩溃。为什么呢？因为她只相信按照自己的思维逻辑发生的事情，她从来没有想过世界会崩溃，因为她绝对没有这样考虑的机会。这一点鞠子与柏木很相似。女人中"不思考的柏木"就是鞠子。

话题中断，鞠子依然裸露着乳房，开始哼歌。她的歌声里混进了苍蝇的嗡嗡声。一只苍蝇在她周围飞来飞去，无意中停在她的乳房上。

"哎哟，好痒啊。"

鞠子只是嘟囔一句，没有驱赶苍蝇的意思。苍蝇紧密地贴在她的乳房上。令我吃惊的是，鞠子似乎并不讨厌苍蝇对自己的爱抚。

雨水洒落在屋檐上的声音。雨水好像只降落在这一带，失去了扩大的势头，迷失在城市的这个角落，凝滞不动。雨声被限制在一个局部的世界里，犹如我所在的世界被广袤的夜切割开来，只存在于枕边地灯的昏暗中。

如果说苍蝇喜欢腐败，那么鞠子开始腐败了吗？不信一切是腐败吗？鞠子生活在自我的绝对世界里，才招来苍蝇吗？我不得而知。

然而，她突然掉落到死一般的假寐里，枕边地灯的照明下，浑圆明媚的乳房上，苍蝇仿佛也忽然掉落进睡眠里一样，贴在上面一动不动。

※

后来，我再也没有去"大泷"。该做的事都已经做完，剩下的就是老师发现学费的去向，把我赶出山门。

但是，我绝对不会向老师暗示这笔学费的去向，也无须坦白。老师应该会查出来的。

为什么我在某种意义上如此信任老师的力量，试图借助老师的力量呢？我自己难以说清。我也不知道为什么要把自己最后的决断完全寄托在老师的放逐上。如前所述，其实我早就看透了老师这个人无能为力。

第二次去妓院的几天以后，我看到了老师这样的姿势。

那天清晨，开园之前，老师少有地独自到金阁周边散步，对我们这些正在打扫庭院的人说几句鼓励的话。老师穿着清凉的白衣服，登上石阶向夕佳亭走去。我想他大概在上面独自品茶清心吧。

那一天早晨，天空还残留着朝霞的璀璨，蔚蓝色的晴空漂浮着朝阳辉映的艳红云彩，那云彩忸怩含羞，尚未完全苏醒。

扫除完毕，大家开始各自回到正殿，我则打算从夕佳亭边上

穿过去，经大书院后面的小路回去。因为大书院后面还没有打扫。

我拿着笤帚，登上金阁寺围墙内的石阶，来到夕佳亭边上。由于昨夜的雨，树木还是湿漉漉的。灌木丛的树梢洒满露水，映照着残霞的余晖，犹如结出一颗颗反季节的淡红色的果实。沾着露水的蛛网也略含浅红，在晨光中微微颤动。

我看着地上的万物如此敏感地吸收天上的色彩，产生了一种感动。在雨水滋润下，寺院内郁郁葱葱，这一切都是上天的恩赐。苍翠欲滴的树木享受着这样的恩宠，散发出混杂着腐烂与清新的香味，它们无法拒绝上天的赐予。

众所周知，夕佳亭毗邻拱北楼，楼名出自"北辰居其所而众星拱之"①的典故。然而，现在的拱北楼与当年义满威震天下的时候已经今非昔比，百余年前重建，变成偏圆形建筑的茶室。夕佳亭上不见老师，可能在拱北楼里面吧。

我不想单独和老师碰面，于是顺着墙边弯腰前行，老师应该看不到我。我轻手轻脚地往前走。

拱北楼的门敞开着。与往常一样，壁龛上挂着圆山应举②的画轴，还摆放着来自天竺的白檀佛龛，精雕细刻，极其精美，岁月留痕，

---

① 典出《论语》。
② 圆山应举（1733—1795），江户时代中期的画家。应用透视法，重视实景写生。代表作有《难福图卷》《雪松图》《保津川图屏风》等。

色泽发黑。左边是利休①喜爱的桑木茶具柜，还能看见隔扇画，但就是不见老师的身影。我不由得探头从树篱上观望四周。

壁龛柱子旁边昏暗的地方，有一个看似白色的大包。定睛一看，原来是老师。他身穿白衣，蹲在地上，最大限度地弯曲身子，脑袋埋在双膝之间，两袖覆盖面部。

老师一直保持这个姿势，一动不动。这反倒让我种种感情交织，心潮荡动。

我首先的反应是，莫不是老师得了急病，在忍受痛苦的折磨。这样的话，我必须上去照顾他。

然而，另外一种力量制止了我。无论从任何意义上说，我都不爱老师，既然明天纵火的决心坚定不移，现在如果过去照顾他，显然就是一种伪善，而且如果他表示感谢以及对我的爱护之情，我害怕会让我心软，动摇我的决心。

再仔细一看，好像老师并没有生病，但无论如何，这样的姿势有失矜持和威信，那种卑微轻贱的模样几乎就像是野兽的睡姿。我看见他的双袖在微微颤抖，背上仿佛压着无形的重物。

我琢磨着，这无形的重物是什么呢？是苦恼吗？还是老师本人难以承受的乏力感？

---

① 利休，即千利休（1522—1591），战国时代安土桃山时期的茶人，提出"和、敬、清、寂"的茶道理念，对日本茶道发展影响深远。被尊为"茶圣"。

我的耳朵逐渐适应周围的环境，能听见老师似乎低声念念叨叨什么经文，但听不出来是什么经文。老师有着我们所不知道的阴暗的精神生活，相比之下，我一直竭力尝试施行的小恶、小罪以及我的怠慢，都是微不足道的。突然冒出来的这个想法伤害了我的自尊心。

对了。老师的这个蹲姿与被拒入众而终日跪在大门外把头垂在行李上请求"庭诘"的姿态非常相似。如果老师是为了给新来的行脚僧进行修行的示范，他的谦虚那就太让人震惊了。我不知道老师对什么东西表现出如此谦逊的态度，如同阶下的青草、翁郁的树梢、蛛网上的露珠对天空的朝霞表示谦逊一样，老师莫不是以这种动物的姿势反映自我，对不属于自己的本源性罪恶和业障表示谦逊呢？

我突然想到，他这一切分明是做给我看的！一定是这样。他知道我要走这条路，所以故意做给我看。老师十分了解自己的无能为力，这是他最后用这种无言的行为撕裂我的心、引发我的怜悯之情，最终让我屈膝顺从。老师竟然发现这世间还有如此令人讥讽的训诫方法！

我心迷意乱，看着老师的姿势，我承认，险些让我受到感动。我极力否定自己的感动，但无疑自己处在爱慕老师的边缘上。然而，由于"故意做给我看"这个想法占了上风，一切都发生逆转，我比以前更加铁了心。

正是在这个时候，我做出最后的决断，而不再把实施纵火寄托在老师驱逐我出山门这个条件上。老师与我是互不影响的两个世界里的人。我是无罣无碍之人。我可以不必期待外界的力量，完全按照自己的意志，在自己认为合适的时刻果断行动。

随着朝霞的消退，天空云层增多，明亮的阳光从拱北楼檐廊消失。老师依然蹲着不动。我疾步迅速离开。

※

六月二十五日，朝鲜发生动乱。我的预感果然应验了，这个世界确实进入了末日，即将毁灭。我必须紧急行动。

第十章

去五番町后的第二天，我就进行过一次尝试，将金阁北面的木门上的约两寸的钉子拔掉了两根。

　　金阁第一层法水院有两处入口。东西各一处，都是对开门。那个导游老人每天晚上登上金阁，从里面关上西门，从外面关上东门，然后上锁。但是，我知道没有钥匙也可以进去，从东门可以绕到金阁北面，这里的木门似乎护卫着阁内的金阁模型的背面，可是木门已经老朽，只要拔掉七八根上下的钉子就能拆卸下来。而且钉子都已经松动，手指一使劲，就能轻易拔下来。所以我尝试着拔了两根。我用纸包着拔下来的钉子，藏在书桌抽屉的最里面。过了几天，好像谁也没有发现。过了一周，还是没人察觉。二十八日夜晚，我悄悄地把这两根钉子插回原处。

　　看到老师的蹲姿促使我不依靠别人而自主下决心的当天，我就到千本今出川西阵警署附近的药店买了安眠药。店员先是拿出三十粒装的小瓶，我说要大瓶的，便花一百日元买了一百粒装的大瓶。然后到西阵警署南边的五金店，花九十日元买了一把刀刃约四寸的带鞘小刀。

夜晚，我在西阵警署前面转来转去。警署的好几个窗户都亮着灯，一个穿着翻领衬衫的警察抱着文件包急匆匆走进去，没人注意我。我活了二十年，没有一个人关注过我。这种状态一直持续到今天。今天我还不是重要人物。几百万、几千万不被人关注的人生活在日本这个国家的各个角落，我还属于这类人。这样的人，是生是死，对世间无关痛痒，但是，这类人其实完全可以令人放心。所以警察也很放心，瞧都不瞧我一眼。如红色烟雾般的门灯照出"察"字已经掉落的"西阵警察署"几个横排石雕文字。

返回寺院的路上，我想到今晚的采购，感觉心情激动。

我买刀和药是以防万一，为死做准备，不过这让我心情极其愉快，感觉就像男人为营造新婚家庭的生活而构思采购物品一样。回到寺院之后，我对这两样东西反复观看，爱不释手。我把刀拔出鞘，用舌尖舔了舔刀刃，刀刃立即蒙上一层雾气，舌尖感觉到一抹冰凉，最后出现淡淡的甜味。甘甜从这薄薄的钢铁的内核，从无法触及的钢铁的实质反透出来，传递到我的舌尖上。如此明确的形态，如此与深海的湛蓝相似的钢铁的光泽……与唾液一起永恒地缠绕在我舌尖的清冽的甘甜。很快，甘甜也将远去。我心情舒畅地思考着我的肉体何时能陶醉在这甘甜的迸发里。我想，死的天空与生的天空同样明亮。于是，我忘却了阴暗的思考，因为这个世界不存在痛苦。

战后，金阁安装了最新式的自动火警报警器。只要金阁的内部温度达到一定的高度，报警器就会启动，鹿苑寺事务室走廊上的警铃就会响。六月二十九日晚上，警报器发生了故障，是那个导游老人发现的。老人来执事寮报告的时候，恰巧我在厨房听见了。我想我听到了来自天上的激励我的声音。

三十日早晨，副司给报警器的经销商打电话，请他们来修。好心眼的导游老人特地把这件事告诉我。我咬着嘴唇。昨天晚上本应该是采取行动的好机会，可惜错失良机。

傍晚，修理工来了。我们都好奇地在一旁观看。修理的时间很长，工人歪着脑袋找不出毛病，围观的人们一个个离去，我也适时离开。我现在就是等待着工人修好、试调的铃声响遍寺院这个绝望时刻的来临。……我等待着。夜色如潮水般涌进金阁，修理机器时使用的小灯光闪烁不定。警报没有响。工人束手无策，扔下一句"我明天再来"，就回去了。

七月一日，工人不守信用，没有来。不过，寺院并没有催促，大概觉得不用着急。

六月三十日，我又去了一趟千本金出川，买了夹馅面包和糯米馅饼。寺院不供给零食，我只好用少得可怜的零花钱，经常去那里买些点心。

但是，我三十日买点心的目的并不是用来充饥，也不是帮助我服安眠药，硬要说的话，是不安的情绪让我去购买的。

我手里提着的鼓鼓的纸袋与我的关系，我即将实施的完全孤独的行为与难看的夹馅面包的关系。……从阴云中渗透出来的阳光如闷热的雾霭笼罩着这座古老的城市。汗水悄悄地，突然从我的后背流下一条冰冷的水线。我相当疲惫。

夹馅面包与我的关系。这是什么样的关系呢？临战之前的精神需要高度的紧张，集中昂扬的斗志，但是，我预想到，残留在孤独之中的我的胃大概依然寻求孤独的保证吧。我感到五脏六腑就像一只寒碜的，但绝不驯服的家犬。我明白，明白不论我的心多么清醒，但肠胃这些钝感的内脏还是依然故我地幻想着慵懒的日常性。

我知道自己的胃的梦想，它梦想的就是夹馅面包和糯米馅饼。在我的精神幻想着宝石的时候，它依然固执地幻想着夹馅面包和糯米馅饼。……总有一天，当人们毫无头绪地试图分析我的犯罪动机时，夹馅面包大概会给他们提供一个貌似合适的线索。他们可能会这样说：这家伙肚子饿了。这多么富有人性啊！

※

　　这一天终于来了。昭和二十五年七月一日。前面说过，下午六点，可以确定火警报警器今天修不好。导游老人又打一次电话催促，对方回答说"今天事情太忙，去不了，明天一定去"。

　　这天参观金阁的游客大约有百人，六点半闭馆，人流开始退去。老人打完电话，导游的工作也已经结束，他站在厨房东面的土间茫然望着小小的田地。

　　蒙蒙细雨从早晨就开始时下时停，轻风微拂，不太闷热。地里的南瓜花星星点点绽放在微雨之中，而上月初播下的大豆在黑油油的垅上长出嫩芽。

　　老人想事的时候，总是动着下巴。他一口假牙，而且做工粗糙，上下牙咬合时会发出声音。他每天当导游，重复同样的讲述内容，大概就是因为这口假牙的关系，越来越让人听不清楚。别人劝他重新修复一下，他也不理会。他望着地里，嘴里嘟囔着什么。一嘟囔，牙齿就磕出声音，声音一停下来，又开始嘟囔。大概是对报警器推迟修理表示不满吧。

　　我听着他断断续续的嘟囔，心想他大概是说无论是自己的假牙还是警报器都根本不可能修复。

这天晚上，鹿苑寺来了一位稀客拜访老师。他是老师昔日僧堂的学友，现在是福井县龙法寺的住持桑井禅海和尚。要说老师的僧堂学友，我的父亲也是其中之一。

于是给老师外出的地方打电话，对方说大约一个小时后老师可以回来。禅海和尚上京都来，打算在鹿苑寺住一两个晚上。

父亲经常愉快地对我谈起禅海和尚的事情，我知道他对禅海和尚深怀敬爱之心。和尚无论外形还是性格，都是典型的大大咧咧的粗犷男性作风。身高近六尺，黑脸浓眉，声如洪钟。

在等老师回来的这段时间里，禅海和尚想和我聊天，当师兄弟来叫我的时候，我迟疑不决。我害怕和尚那一双单纯澄澈的眼睛看穿我今夜即将实施的图谋。

禅海和尚盘腿端坐在正殿的十二叠榻榻米的客殿里，就着素菜喝着副司临时准备的清酒。刚才是师兄弟给他斟酒，我进去以后，便坐在和尚对面的榻榻米上，给他斟酒。我的身后是夜的黑暗，雨在静静地下。和尚能看到的只是我的脸和梅雨时节的庭院的夜这两样黑暗的东西。

然而，禅海和尚真是无拘无束，和我第一次见面，就侃侃而谈，说我长得像父亲，已经长大成人了，令尊的去世实在可惜，等等，我感觉到他性格的开朗。

禅海和尚具有老师所没有的朴素，父亲所没有的力量。他的脸色被太阳晒成古铜色，鼻翼张开，浓眉下的肌肉隆起凸出，仿佛是模仿"大癋见"①的面具定做出来的。他并非五官端正，大概因为体内的力量过剩，力量随心所欲地散发出来，破坏了脸庞的均匀。连突出的颧骨也像南画里的岩石一样峻峭突兀。

和尚虽然说话声振屋瓦，却有一种温情震撼我的心灵。这不是世间常见的那种温情，而是犹如村头的一棵大树，以树荫供旅人歇脚的那种根须盘虬的粗莽的温情。这是手感极其粗糙的温情。越听他说话，我越警惕，害怕就在今夜，我的决心被他的温情感化，变得迟钝。于是我又疑心，会不会是老师为了我特地把和尚叫来的呢？不过，我立即否定，老师不可能为了我特地把和尚从福井县请到京都来。和尚只是不速之客，偶然地成为今晚这起悲惨事件的见证人。

能装近两合②酒的白瓷大酒壶已经见底，我施礼后出去，到典座那里换新酒。当我捧着热乎乎的酒壶回来的时候，一种过去从未有过的感情油然而生。我从来没有产生过让别人理解我的冲动，但今天这个机会，我却期望能被禅海和尚理解。我重新给他斟酒的时候，我的眼睛闪耀着与刚才完全不同的率真的亮光。我想和尚应该能够察觉出来。

① 大癋见，癋见是能乐面具的一种，有大癋见、小癋见、猿癋见等。用于扮演天狗、鬼神等。其形象为下颚张大，嘴唇紧闭，圆瞪双眼，鼻翼鼓起，威风凛凛。
② 合，容积单位，一合约为十分之一升。

我问道："您对我怎么看？"

"哦，表面上看是一个诚实的好学生，但我不知道你背地里是怎么放荡不羁的。不过，可惜啊，和以前不一样了，想玩也没钱吧。你父亲、我，还有这里的住持，年轻的时候可是干了不少坏事啊。"

"您看我像一个普普通通的学生吗？"

"看上去普普通通，这是最好不过的了。做一个普通人好，这样不会招人怀疑。"

禅海和尚没有虚荣心。这是高僧容易犯的弊病，就像有的文物鉴赏家，虽然具有能够鉴别从人物到书画古董所有文物真伪的慧眼，但因为担心自己鉴定错误而后被人耻笑，故意不说结论性的意见，也不会当场提出禅僧式的独断见解，总要留下似是而非、无可无不可的回旋余地。禅海和尚不是这样的人。他对所见所感，直言不讳。他对自己单纯锐利的目光所看到的事物，并不故意寻求其中所谓的深刻意义。有没有意义都无所谓。他看东西，例如看我吧，不是依赖和尚看人的特殊目光从而得出与众不同的结论，他就像一般人看人那样看我，这让我感觉到他的伟大之处。对于和尚来说，单纯的主观性世界没有意义。我明白禅海和尚欲说未说的话，我的心逐渐平稳宁静下来。只要我在别人的眼里看似一个普通人，我就是普普通通的，不论我做出什么异常的行为，我的普通性，就像簸箕扬场后的谷子一样残留着。

我不知不觉间感觉到自己的身子就像一棵绿叶丰茂的小树，静静地站立在禅海和尚面前。

我说道："我可以就照别人看我的这个样子生活下去吗？"

"恐怕不行吧。可是，如果你做出与众不同的事，人们又会以另外的眼光看待你。世人健忘。"

"世人眼中的我，我想象中的我，哪一个能够持续下去呢？"

"哪一个都会立即断绝。即便你千方百计勉强延续，总有一天又会断绝的。火车奔跑，乘客静止；火车静止，乘客奔走。奔跑也会断绝，休息也会断绝。虽说死是最后的休息，但也不知道要持续多久。"

"请您识破我的一切。"我终于说道，"我并非您所想象的那种人。请您洞悉我的内心深处。"

和尚呷着酒，目不转睛地盯着我。雨水打湿的鹿苑寺那又大又黑的瓦顶般的沉默，沉重地压在我的头顶上。我浑身抖颤。和尚突然豪爽开朗地大笑起来。

"没有必要洞悉，一切都形于颜色。"

我感觉全身心都已经被和尚看穿。我第一次变成空白。行动的勇气汹涌喷薄，犹如朝着空白渗透进来的水。

晚上九点，老师回来了。四名警卫例行巡逻，没有任何异常。老师与和尚二人推杯换盏，到十二点半左右，小徒弟把和尚领到寝室。随后，老师说"开浴"，便去洗澡。七月二日凌晨一点，击柝①的梆子声也安静下来。整座寺院夜深人静。雨水依然悄悄地濡湿地面。

我独坐在铺好的床铺上。推测沉淀在鹿苑寺的暗夜的深度。夜色逐渐加大它的密度和重量，我的五叠榻榻米储藏室里的粗柱子和木门支撑着这古老的夜色，显得庄重肃穆。

我尝试着在口腔里结巴说话。感觉和平时一样，说一句话，如同从袋子里取物，老是抓到别的东西，怎么也抓不出来，弄得心烦气躁，好不容易才挤到嘴边来。我内心世界的沉重和浓密如同今晚的夜色一样，语言则如同吊桶一样，从夜的深井里被吱嘎吱嘎地提上来。

我给自己打气：快了，再坚持一会儿。我将用钥匙灵巧地打开我的内心与外界之间紧闭的这扇锈迹斑斑的门扉。把内心与外界打通，风将自由自在地流通。吊桶将轻盈地拍动翅膀飞上来。我的面前将展现广袤无边的原野，所有的密室都将毁灭。……这已经近在眼前，我触手可及……

我坐在黑暗中，大约一个小时，我充满幸福。我感觉有生以

----

① 击柝，巡更人敲击梆子。

来从未如此幸福过。……我突然从黑暗中站起来。

我蹑手蹑脚走到大书院后面，穿上早已备好的草履，在雾雨迷蒙中沿着鹿苑寺后面的沟渠朝建筑工地走去。工地上没有木材，弥漫着锯末被雨水濡湿的味道。工地上存放着寺院买来的稻草，有时候一次买四十捆。不过，已经使用得差不多了，只剩下三捆可以让我今夜使用。

我抱着这三捆稻草，顺着田地回来。厨房悄然无声。绕过操作间的拐角，来到执事寮后面的时候，厕所的窗户忽然透出一束灯光。我连忙蹲下来。

厕所里有人咳嗽，好像是副司的声音，接着响起了小便的声音，显得格外长。

我担心稻草被雨淋湿，抱在怀里，用胸脯遮挡着。微风吹拂的羊齿草丛沉淀着厕所的臭味，在雨中分外熏人。……尿声停下来了。接着是身子踉踉跄跄撞在壁板上的声音。副司似乎还处在迷迷糊糊的状态。灯光熄灭。我又抱着三捆稻草走到大书院后面。

我的全部财产只有一个装日用品的柳条箱和一个陈旧的小皮箱，早就想烧光。今天晚上，我已经把书籍、衣服、僧衣以及零星杂物全都装进这两个箱子里。请相信我办事的周密细致。在搬运过程中容易发出声音的东西，例如蚊帐钩；还有烧不掉成为证据的东西，例如烟灰缸、杯子、墨水瓶，都包裹在坐垫、包袱皮里另行处理。还有，一床褥子和两床被子必须烧掉。我把这些大件东西一点点搬到大书院后面的出口，叠放在一起。搬运完以后，我去金阁北面拆卸门板。

钉子就像插在松软的土里一样，非常好拔。我的身体支撑着倾斜下来的木门，湿漉漉的朽木紧贴在我的脸颊上，带着一点膨胀的感觉。板门并没有想象的那么沉重。我把拆卸下来的板门放在一旁的地上，再一看金阁内部，一团漆黑。

板门拆卸下来以后，可以斜着身子从门洞进去。我全身浸泡在金阁的黑暗之中。我看见了一张怪异的脸，不由得浑身哆嗦。原来是借着火柴的亮光进来的时候，我的脸倒映在入口处陈列金阁模型柜子的玻璃上。

这种场合我本不该这样，但是我还是聚精会神地观看玻璃柜里的金阁模型。金阁蹲在这小小的模型里，在火柴亮光的照耀下，身影摇曳，这个纤细的木质结构充满着极大的不安。火柴烧尽，金阁立即被黑暗吞没。

我关注着火柴剩下的一点红红的余烬，觉得有点异常，就像在妙心寺见过的那个学生一样，使劲将火柴头踩灭了。我又划亮一根火柴。经过六角经堂和三尊像，来到功德箱前面的时候，只见箱子上让人们捐钱而设置的格栅横木的影子随着火柴光的摇动，仿佛轻波荡漾。功德箱后面，摆放着鹿苑院殿道义足利义满的木雕。

这是一件国宝，木雕坐像的义满身穿法衣，左右衣袖宽长，右手执笏，横在左手上，眼睛睁开，小脑袋剃光，脖子埋在法衣领子里。在火柴光中，他的眼睛闪亮，但是我并不害怕。这个小小的偶像显得卑微凄惨，端坐在自己建造的殿堂里，看来已经完全放弃了昔日的统治。

我打开通向钓殿漱清的西门。如前所述，这扇对开门得从里面打开。雨天的夜空也比金阁内部明亮。门扉的潮气吸收了开门吱嘎的轻微响声，无声地敞开，微风将深蓝色的夜气引进来。

义满的眼睛，义满的那双眼睛。——我跳出门外，跑回大书院后面，一路上，脑子里尽想着他的眼睛。——一切都在他的眼皮底下进行。一切都在这个什么也看不见的、死去的证人的眼前进行……

我跑回去的时候，裤袋里有东西发出声音。那是火柴盒的声音。我停下来，将纸巾塞进火柴盒的空隙里，这样就不响了。包着安眠药瓶子和小刀的手绢放在另一边的裤袋里，就没有响声。夹克口袋里放着夹馅面包、糯米馅饼、香烟，也不会有响声。

接着，我开始机械式的作业。我把放在大书院后门口的东西分四次搬到金阁的义满像前面。第一次搬去的是把蚊帐钩拆下来的蚊帐和一床褥子，第二次是两床棉被，第三次是皮箱和柳条箱，第四次是三捆稻草。这些东西都乱七八糟地堆在一起，三捆稻草塞在蚊帐、棉被的中间。我想蚊帐最容易着火，便把它覆盖在上面，差不多覆盖住一半左右的东西。

最后我返回大书院，抱起包裹着那些不易燃烧物的包袱皮，来到金阁东面的池塘旁边。眼前就是池中的夜泊石①。在几株松树的遮挡下，总算没有被雨淋湿。

在夜空映照下，池面微白，大量的水藻似乎一直爬到岸上，从水藻散乱的细小空隙间，能隐隐约约看到水面。雨水并没有在水面泛起涟漪。烟雨空蒙，水汽弥漫，池子仿佛一直向远处扩展。

我把脚下的一块小石子踢进水里。那水声感觉分外响亮，震裂了我周围的空气。我竦缩不动，想通过这沉默，抹去刚才意外溅起的水声。

我把手伸进水里，温热的水藻缠在我的手指上。我首先将蚊帐钩从泡在水里的手中放开。接着是烟灰缸，像在水中漂洗一样托付给水。然后是杯子、墨水瓶，都用同样的方法放入水中。该沉入水底的东西都已经沉完。只剩下包裹这些东西的坐垫和包袱皮留在我身边。我把这两样东西拿到义满坐像前，一切准备就绪，现在只剩下点火了。

这时，强烈的食欲突然袭上心头，虽然不出我的意料，但还是给了我被背叛的感觉。我的口袋还有昨天吃剩下的夹馅面包和

① 夜泊石，池泉庭园造景，将几块石头直线排列如舟形。意为去蓬莱岛寻求仙药的泊船之处。

糯米馅饼。我在夹克的下摆上擦了擦湿手，便狼吞虎咽般吃起来。吃不出什么味道来。味觉并不重要，倒是我的肚子在咕咕叫唤。我只管急急忙忙地把食物往嘴里塞就行了。胸口堵住了，我强迫自己咽下去，再捧一口池水喝下去。

……离实施行动只差一步。为了这次行动，我进行了长期准备，都已经顺利完成，我现在就站在导致行动的准备顶端，只差这最后一跳了。只要付出举手投足之劳，应该就可以大功告成。

我做梦也没有想到，在两者之间，有一个足以吞噬我生涯的巨大深渊正张开大口等待着我。

因为在这个时候，我打算最后看一看金阁，作为最后的告别。

金阁沉浸在雨夜的黑暗里，轮廓模糊。黑黢黢地耸立着，仿佛是暗夜的结晶。我定睛凝视，能勉强看见三楼究竟顶上突然变细的结构，以及法水院、潮音洞的细柱，不过这一切曾经让我激动万分的结构细部现在都融入漆黑的夜色里。

随着我对美的回忆越发强烈，黑暗也变成了一个底色，可以在上面随心所欲地描绘幻影。在这个蹲踞着的黑暗形态中，潜藏着我对美的思考的全部内容。通过我回忆的力量，美的细部逐一从黑暗中辉煌灿烂地浮现出来，传播开来，终于在既不是白昼也不是黑夜、不可思议的时候的光照下，金阁逐渐清晰地显现出来。金阁的各个部分都如此耀眼夺目，如此精致细密的姿势以前从来没有出现在我的眼前。我仿佛获得了盲人的视力。金阁以自身的光芒变得透明，不论是外表，还是潮音洞的《天人奏乐》藻井图、究竟顶墙壁上古老的金箔剥落后的残片，都历历在目。金阁纤巧的外表与内部相互交融。它的构造和主题的明晰轮廓、它的主题具象化后细部精雕细琢的装饰、它的对比和对称的效果，我都可以一览无余。二楼的法水寺和潮音洞的面积一样大，虽然呈现微妙的差异，但都受到同一个深邃的屋檐的庇护，可以说是一对酷似的梦想、一对酷似的对于快乐的纪念重叠在了一起。如果仅仅只有其中的一个，就会混杂在别的东西里被人忘却，而两个上下互相亲切地确认，这样梦想就会成为现实，快乐就会幻化为建筑。然而，三楼的究竟顶突然变细的形态，让一度得以确定的现实彻底崩溃，终于被那个黑暗而辉煌的时代的崇高哲学所统括、所折服。而高高伫立在宝形造屋顶上的镀金铜凤凰连接着无明的长夜。

建筑师不仅仅满足于此，还在法水院西面修建了一座类似钓殿的漱清亭，小巧玲珑，不惜破坏均衡，仿佛一切都是为了表现美的力量。在这座建筑物中，漱清是反形而上学的。它没有往池塘里延伸，但看上去总像是坚决要逃离金阁中心点的样子。它就像一只飞鸟，即将展翅从这座建筑物中飞向池面，朝着所有现世的东西逃遁。这意味着在从规范世界的秩序中向无规范的东西、可能是感官性的东西之间架设一座桥梁。对，金阁的精灵就是起始于这座像是半截桥的漱清，在化成三层楼阁的建筑以后，然后再次从这座桥逃遁。因为在池面上飘摇不定的无比巨大的感官之力就是建造金阁的潜在力量的源泉。但是，这个力量在确立完备的秩序，完成优美的三层建筑之后，就无法忍受住在里面，于是再次经过漱清亭，重新回到池上，只能向着无限的感官飘荡，向着故乡逃遁。每当我看到朝雾和夕霭在镜湖池上迷离徘徊的时候，我总是认为，这才是建造金阁的无数感官力量之所在。

美，依然统括各部分的争执、矛盾、各种不和谐，并且君临其上！正如用泥金在藏青色的纸本上逐字逐句准确无误地纳经①一样，这是一座用泥金在无明长夜上建造的建筑物，不知道美是金阁本身，还是美是笼罩着金阁的虚无之夜。也许二者都是美。既有细部，也有整体；既有金阁，也有笼罩金阁的夜。这么一想，曾经让我困惑的金阁之美的不可理解，我感觉已经一知半解了。因为只要审视一下细部之美，那柱子、勾栏、密棂吊窗、格子门、花头窗、宝形造屋顶……还有法水院、潮音洞、究竟顶、漱清亭……还有池面的倒影、小岛群、松树、泊舟处这些细微之处的美，就会发现，美绝非终结于细部，停止于细部，而是不论哪一处的细部都包含着对下一个细部之美的预兆。细部之美本身充满着不安。它对完美的梦寐以求，却不知终结，受到下一个美、未知的美的

---

① 纳经，日本旧时做佛事时，为追善供养，将抄写的经文献纳给寺院火神社。

诱惑，不断地去追求。于是，预兆接连着预兆，一个又一个这里并不存在的美的预兆成就了金阁所谓的主题。这样的预兆是虚无的预兆。虚无是它的美的结构。这些细部尚未完成的美自然而然地包含着虚无的预兆，尺寸纤细的这座建筑物如璎珞在风中摇摆一样，也在虚无的预感中颤抖。

尽管如此，金阁之美从来就没有中断过！它的美总是在什么地方嘹亮回响。我就像患有耳鸣痼疾的人，到处都能听到金阁之美的回响，已经习以为常了。如果以声音比喻的话，这座建筑物是一个在五个世纪间响声不绝的小金铃，或者说是琴声。但倘若这声音中断的话……

……我经受着极度的疲惫。

我在黑暗的金阁之上还无比清晰地看见梦幻的金阁。金碧辉煌都无法概括。水畔的法水院的勾栏都谦逊地后退，屋檐的外廊上由天竺式斗拱支撑的潮音洞栏杆也做梦般地朝着水面探身观看。在池水的反衬下，屋檐显得明亮，涟漪的水光捉摸不定地在上面泛动。夕阳映照、月光照射时候的金阁，有一种奇妙的流动性，仿佛展翅飞翔，这都是水光的缘故。坚固形态的物体在水波荡漾中完全解脱了束缚，这个时候的金阁，就像是用永恒流动的风、水和火焰般的材料建构的。

金阁之美天下无双。我知道我的疲劳困顿来自何处。美在最后的时机依然运用它的力量，多次袭击我，试图以无力感束缚我。我的手脚开始乏力。我刚才还感觉离行动只有一步之遥，而现在开始大步后退。

"万事俱备，就差一步。" 我自言自语道，"既然行动本身完全是梦想，我已经完成了这个梦想，那还有必要采取行动吗？恐怕这已经毫无意义了吧？

"也许柏木说得对，改变世界的不是行动，而是认识。当然也有试图极力模仿行动的认识。我的认识就属于这种。而将行动真正无效化的也是这种认识。如此一来，我长期绵密周到的准备不就是为了'也可以不采取行动'这样的最后认识吗？

"看看吧。行动，如今对我来说，不过是一种多余的东西。这是从人生中排挤出来的、从我的意志中排挤出来的东西，如另外一种冰冷的钢铁，摆在我的面前，等待启动。这种行为与我似乎毫无关系。以前的我是我，此后的我不再是我。……为什么我要把自己变得不是我呢？"

我倚靠在松树根部。这潮湿冰凉的树干使我心动。我感觉这种冰凉就是我。世界就以这样的形态停止了运动，没有任何欲望，我心满意足。

我琢磨：我感到极度疲惫，这是怎么回事呢？我感觉发高烧，浑身慵懒倦怠，手不能随意活动。我肯定生病了。

金阁依然璀璨光芒，宛若《弱法师》[①]中的俊德丸所看到的日想观[②]的景色。

俊德丸双目失明，在黑暗中看见夕阳的光线舞动的难波海。天空万里无云，在夕阳西照里，连淡路绘岛、须磨明石、纪之海都清晰可见。

我感觉身子麻木，泫然泪下。心想我就一直待到早晨，被人发现，那该多好。那时，我大概不会为自己做任何辩解。

……我一直叙述自己幼年以来记忆的无力，但我不得不说，忽然复苏的记忆也具有起死回生的力量。回忆并不一定只是把我们拉回到过去，在过去的种种记忆中，尽管数量不多，但也有如强韧的钢铁发条一样的东西，只要我们现在一触摸，发条就立即向我们延伸过来，把我们弹回到未来。

身体麻木，但心灵还在记忆中摸索。似乎有什么话，若隐若现，似乎抵达了心灵，却又消失无踪。……语言在呼唤我。大概为了激励我，而靠近我。

---

① 《弱法师》，能乐的剧目，作者世阿弥。内容描述故事主角俊德丸因谗言被其父逐出家门，悲伤落魄，导致失明，在四天王寺外流浪，后被父亲带回家。
② 日想观，《观无量寿经》中所说的往生阿弥陀佛净土的十六种观法之一。即观落日而知极乐净土的方位，或想象极乐净土的光相。又作日想、日观、日轮观。

向里向外，逢着便杀。

这是《临济录·示众》著名的第一句话。于是，我的话便顺畅流利地说出口来：

逢佛杀佛，逢祖杀祖。逢罗汉杀罗汉，逢父母杀父母，逢家眷杀家眷，始得解脱。不与物拘，透脱自在。

语言从我深陷的无力中弹跳出来，顿时让我浑身充满力量。然而，我的部分心灵依然固执地告诉我，我必须做的事情终归徒劳无益。可是，我的力量不再惧怕这徒劳无益的事情。正因为徒劳无益，我才应该去做。

我把身边的坐垫和包袱皮卷成一团，夹在腋下，站起来，看着金阁。金光璀璨的幻影的金阁开始变得模糊，勾栏逐渐被黑暗吞没，林立的柱子不再清晰，水光消失，檐廊背面的反光也已暗淡，接着，所有的细部全都隐没在暗夜里，金阁只剩下一团黢黑的朦胧的轮廓……

我开始绕过金阁的北面奔跑，我习惯于夜间的这条路，不会绊倒，黑夜给我让路，引导着我。

我从漱清亭旁跑到金阁西面的板门，一脚跳进敞开的门洞。我把夹在腋下的坐垫和包袱皮扔到堆积的杂物上。

我的心脏急剧跳动，潮湿的手轻微颤抖，连火柴都湿了。第一根没划着，第二根划着后断了，划第三根时，我捂着手挡风，从指缝间看见明亮的火光。

我寻找稻草的位置，刚才把三捆稻草随手塞进去，现在忘记了塞在什么地方。当我找到的时候，手里的火柴已经燃尽。于是，我蹲下来，这次把两根火柴并在一起划。

火焰描画出堆积起来的东西所构成的复杂的影子，呈现一种鲜艳的枯黄色，向四周绵密地蔓延，然后被升腾起来的浓烟遮挡。火焰出人意料地冲破绿色的蚊帐沸腾起来。我忽然感觉有一种热闹的气氛。

我的脑子异常清醒。我知道火柴数量不多，于是跑到另一个位置，很小心地划亮，点燃另一捆稻草。升腾的火焰慰藉了我的心灵。过去和朋友们烧落叶的时候，我就很会点火。

法水院里面，出现巨大的摇动的黑影。中间的弥陀、观音、势至三尊佛像被火光映照得通红，义满雕像的眼睛闪闪发光，木像的影子在它身后摇摆晃动。

我几乎感受不到热度。我看到火焰已经切实延烧到功德箱，心想应该没问题了。

　　我把安眠药和短刀忘在脑后，突然产生在烈焰包围的究竟顶上自尽的想法。于是，我从火中逃离出来，沿着狭窄的楼梯跑上去。通往潮音洞的门怎么会是敞开的呢？不过，我也没有生疑。大概是那个导游老人忘记关二楼的门了。

　　浓烟从我的身后滚滚而来。我一边咳嗽，一边看着据说是惠心①作品的《观音像》，以及《天人奏乐》藻井图。潮音洞逐渐烟雾弥漫。我继续往上跑，打算打开究竟顶的门。

　　门打不开。三楼紧锁大门。

　　我敲打门扉。使劲敲打，我却听不见敲门的声音。我激烈地敲打，仿佛感觉有人会从里面给我开门。

　　这个时候，我幻想的究竟顶无疑就是我的死地，但是烟雾滚滚逼来，我万分火急地敲打大门，仿佛是为了请求救命。大门里面只是一个三间四尺七寸见方的小屋。而且，我此时确确实实地预见到，那如今金箔大体剥落，但依然恍若满屋金箔的景象。我疯狂地敲门，我自己无法解释，我对这金碧辉煌的小房间是何等地顶礼膜拜啊！我一心想着，只要我能进去就行了。只要我进入这金色的小房间就行了⋯⋯

　　我竭尽全力打门，不仅用手敲，还用整个身子撞击。门还是

①惠心（942—1017），即源信，世称惠心僧都，平安朝中期天台宗高僧。著作丰富，有《一乘要决》《往生要集》等。净土真宗也尊为祖师。

打不开。

潮音洞已经浓烟弥漫。脚下响起烈焰的爆裂声。我被烟呛得几乎窒息。我一边咳嗽，一边继续打门。门还是打不开。

这个瞬间，在我确认自己的确被究竟顶拒绝的时候，我毫不犹豫地转身顺着台阶跑下去。在浓烟的旋涡中，穿过火海，到达法水院，终于来到西门，跑到户外。可是，我不知道该去何处，只是像韦驮天①那样四处奔跑。

……我狂奔着。无法想象我究竟跑了多长时间，记不得都跑过哪些地方。好像应该是从拱北楼旁边穿过北门，再经过明王殿旁边，跑上长满竹子和杜鹃花的山路，来到左大文字山的山顶。

我躺在红松底下筱竹丛生的原野上，使劲喘气以平息心脏的剧烈悸动。这里的确是左大文字山的山顶，是从北面护卫金阁的山。

鸟儿受惊的鸣叫，唤醒我清晰的意识。那只鸟儿就在我的眼前，拍动着翅膀，滑翔飞去。

我仰面躺下，望着夜空。无数的鸟儿婉转鸣叫着，飞掠过红松的树梢，星星点点的火花在头顶上的天空浮动游荡。

我站起来，俯视远处山谷间的金阁方向。我听见传来的异常

---

① 韦驮天，二十四诸天之一，佛教护法天神。日本禅宗认为，韦驮天追回抢走舍利的恶鬼，是脚力快速的象征。

的声音，如爆竹的响声，又如无数的人一起发出的关节响声。

从这里看不见金阁，只能望见旋转升起的滚滚浓烟和冲天的火光。无数的火星飞落在树林间，金阁的夜空如撒了一片金沙。

我盘腿而坐，久久地眺望这个夜景。

我发现自己遍体鳞伤，到处都有烧伤、擦伤，鲜血流淌。手指也有鲜血渗出，大概是刚才打门时受的伤。我像死里逃生的野兽那样舔着自己的伤口。

我从口袋里摸出小刀和用手绢包着的安眠药瓶，朝着谷底把它们扔出去。

我又从另一个口袋里掏出香烟。我抽着烟，如同人们干完活后常见的那样。

我想活下去！

一九五六年八月十四日

筹划出版｜银杏树下

出版统筹｜吴兴元｜编辑统筹｜尚　飞

责任编辑｜曹　波｜特约编辑｜袁艺舒

封面设计｜墨白空间·陈威伸｜mobai@hinabook.com

后浪微博｜@后浪图书

读者服务｜reader@hinabook.com 188-1142-1266

投稿服务｜onebook@hinabook.com 133-6631-2326

直销服务｜buy@hinabook.com 133-6657-3072

后浪出版咨询(北京)有限责任公司
POST WAVE PUBLISHING CONSULTING (BEIJING) CO.,LTD